百人一首を
私が選んでみました

多田久也
TADA HISAYA

幻冬舎MC

百人一首を〈私〉が選んでみました

はじめに

古典が苦手だった私が小倉百人一首に初めて興味が湧いたのは、恥ずかしながら、還暦を過ぎてからであった。

まず縦書きのノートを買ってきて、たまたま細君が持っていた高校時代の教科書を参考にして勉強を始めた。学生に戻ったような気分がして、これが意外に楽しかったのである。和歌の意味や作者の人物像が分かると、俄然面白くなってきた。次は暗記に挑戦した。細君が小さなカードを作ってくれたので、いつもそれを持ち歩いて覚えることができた。いろいろな解説本や関連本を買っては読み漁り、知識も少しずつ広がっていった。

定家が百首を選んだ時雨亭跡の可能性がある場所が嵯峨野に常寂光寺、二尊院、厭離庵《えんりあん》の三カ所あるという。京都を旅行した際、そのすべてを訪れて感慨に耽った。次に、一人ひとりの作者に愛着が湧いてきたので、小倉百人一首以外の歌を調べてノートに書き写してみた。すると、ある大きな疑問に突き当たったのだ。

それは、藤原定家が選んだ小倉百人一首は、はたしてその歌人の一番良い歌なのだろうかということだ。どう考えても、もっと優れた歌があるのではないかと思うのだ。たとえば、柿本人麻呂は、

あしひきの山鳥の尾のしだり尾のながながし夜をひとりかも寝む

が選ばれているが、人麻呂の歌の中にはもっと感動する良い歌が数多くあることに気づいた。

藤原定家自身の

来ぬ人をまつほの浦の夕なぎに焼くや藻塩の身もこがれつつ

という歌にしても、これが彼の一番の秀歌とはとても考えられないのである。さらに、なぜこの歌人が選ばれたのだろう、というような人も散見される。

よし、それならば思い切ってこの私が、定家とは違う百人を選び、その歌人の一番好きな歌を見つけてみようと思ったのである。私は歌人でも文学者でもなく、和歌に関しては専門外の内科医である。和歌の素人のくせにそんな無謀で不遜なことをする、と笑われるかもしれないが、自分の心に最も響く歌を選ぶことは、私にでもできるにちがいないと思ったのだ。そして、その大変であろう作業が、とても魅力あるものに感じたのであった。

百人の人選は小倉百人一首を基本にした。その中で、実在するかどうか不明の歌人、ベスト百人には適切でないと思われる歌人、好きではない歌人など、十五名を除外した。猿丸大夫、安倍仲麻呂、喜撰法師《きせんほうし》、蝉丸、陽成院、文屋康秀《ふんやのやすひで》、文屋朝康、春道列樹、源等、儀同三司母《ぎどうさんしのはは》、藤原公任、小式部内侍、藤原道雅、三条院、源兼昌などである。これら十五人の代わりにまず、『万葉集』から額田王、志貴皇子《しきのみこ》、大伴旅人、山上憶良の四人を入れ、残りの十一人は三十六歌仙、中古三十六歌仙などを参考にして選んだ。それらは、源順《みなもとのしたごう》、中務、徽子女王《きしじょおう》、源頼政、小侍従、鴨長明、藤原忠良、藤原秀能、藤原有家、俊成卿女、宮内卿である。

本文では、その歌人の一番の歌を選出し、幾つかの好きな歌も挙げ、人物像も分かりやすく解説した。このような大胆な試みは過去において例がないと思われる。小倉百人一首の歌人の他にも魅力的な歌人がいることや、小倉百人一首とは異なる名歌があることを知っていただければ幸いである。また、この本を読んで、「もし自分なら、別の歌人や別の歌を選びたい」と思う方がいらっしゃれば、望外の喜びである。

目次

小倉百人一首

1

天智天皇　（六二六〜六七二）

海神《わたつみ》の豊旗雲に入日さし今夜《こよひ》の月夜《つくよ》さやけかりこそ

（大海原に旗のようにたなびく雲に、今しも沈む夕日が射している、今宵の月夜はまさしく爽やかに澄んでいることだろう）

雄大で堂々たる響きが好きだ。「豊旗雲《とよはたぐも》」は吹き流しのように横に広がる雲のことだが、この魅力ある名前の第二句により、荘重な美しさが深まり、格調は一段と高まっている。「海神」は本来、海の神を意味するが、ここでは海と解釈されている。後の天智天皇である中大兄皇子は、唐と新羅に攻められた百済を救済するため大軍を派遣した。その際九州の筑紫国から出陣する船団を前に、航行の安全を祈り必勝を祈念した歌なのである。天智天皇はこのとき三十六歳であった。

天智天皇は舒明《じょめい》天皇の皇子で、母は斉明天皇である。大海人皇子は同母弟で、子に持統天皇や志貴皇子らがいる。六四五年藤原鎌足とともにクーデターを起こし、蘇我入鹿を殺害した（乙《いっ》巳《し》の変）。皇子が自ら剣をとり、宮中で入鹿の首をはねたのだから、よほど勇猛な皇子だったのだろう。蘇我氏は仏教を奨励して勢力を伸ばし、政治を専断して自ら天皇の地位を狙おうとしていたのだ。つまり、この反乱は、皇統を守り、同時に神道派の主権回復を目指したという見方ができる。

その後、中大兄皇子は田地や民を天皇のものにする公地公民制や班田収授法などの制度改革を進め、律令国家の基礎を造った。これを「大化の改新」と呼び、わが国の最初の年号「大化」を制定した。日本が中国の冊封体制から離れて自立自尊の独立国であると明確に宣言したのである。さらに、六六一年百済救援のため二万人もの兵を新羅に派遣したが、白村江の戦いで唐・新羅連合軍に敗れ、百済は滅亡した。その後、天智天皇は六六七年飛鳥から近江大津宮に遷都し、即位、四十九歳で崩御した。御製と伝わるのは四首のみだが、日本の根本を築いた偉大な天皇であり、掲出歌のような名歌の作者である天智天皇が本書の冒頭を飾ることは当然のことである。

朝倉や木の丸殿《まろどの》に我がおれば名のりをしつつ行くは誰《た》が子ぞ

（朝倉の丸木造りの御殿に私がいると、名を告げては通り過ぎて行くのはどこの者だ）

この歌も九州筑紫国の朝倉にある斉明天皇の行宮で詠われた。天智天皇は皇太子として軍を指揮していたのである。「木の丸殿」は粗木で作った粗末な御殿という意味である。「名のり」とは宿直《とのい》の官人が自分の姓名を自ら名乗り、その上で定めの部署に着くことで、「名対面《なだいめん》」と呼ばれていた。声調が大らかで素朴な感じがする歌である。「誰が子ぞ」というあたりに豪族の子息への親しみが表れており、帝王らしい雰囲気が感じられる。

小倉百人一首

秋の田のかりほの庵の苫《とま》をあらみわが衣手は露にぬれつつ

（秋の田んぼの脇にある仮小屋に泊まると、屋根を葺いた苫の目が粗いので、私の衣の袖は露に濡れてしまったよ）

2

持統天皇　（六四六～七〇二）

北山にたなびく雲の青雲《あをくも》の星離れ行き月を離れて

（北山にたなびく雲、その青雲が、ああ星から離れて行き、月からも離れて行く……）

夫である天武天皇が崩御したときの歌である。崩御した天武天皇を雲に喩え、その青雲が星も月も置き去りにしてはるか空の彼方に消えてしまうという悲しみをたたえた歌である。月は詠う本人を、星は天武天皇との間に生まれた草壁皇子を暗示していると考えられる。雲と星と月を一つの歌に取り込み、宇宙的な拡がりを感じさせるこのセンスの良さは、一三〇〇年前に詠われたものとはとても思えない。なお、「北山」とは香具山のことである。持統天皇と香具山は切っても切れない関係にある。なぜなら、小倉百人一首掲載歌にも「天の香具山」は詠われており、亡夫天武天皇に見立てていると思われるからだ。香具山は大和三山の一つで、持統天皇が遷都した藤原京とは一・五キロメートルしか離れていない指呼の距離にある。持統天皇は毎日藤原宮から香具山を仰ぎ見て親しんでいたのである。

持統天皇は天智天皇の第二皇女で、十三歳の時、天智天皇の弟、つまり自分の叔父にあたる大海人皇子（後の天武天皇）に嫁いだ。天智天皇崩御後、夫とともに吉野へ逃れ、壬申《じんしん》の乱で大友皇子に勝利した夫が即位してからは、常に天皇を助け政事について助言した。壬申の乱も持統天皇こそが首謀者であるという説もあるほど、性格は男まさりで非情冷徹であったらしい。まさにこの二人は史上最強の夫婦といってもよい。天武天皇崩御のすぐ後に、わが子草壁皇子のライバルで異腹の兄弟・大津皇子を誅殺《ちゅうさつ》している。しかし、頼みにしていた草壁皇子はすぐに亡くなってしまい、四十六歳の時自ら皇位を継承し女帝として君臨、六九四年、飛鳥から藤原京へ遷都した。持統天皇は大宝律令を編纂させ、律令制度を確立し、暦を制定するなどの大きな業績を残している。六九六年、孫の文武天皇に譲位し、史上初の太上《だじょう》天皇となる。持統天皇の時代にはじめて「日本」という国号が正式に発令され、「愛国」という言葉も使われたという。これは、いわゆるナショナリズムのことで、ヨーロッパでは十九世紀以降の現象であるから、古代の日本はいかに先進的であったかと驚くばかりだ。また、現代でも続いている伊勢神宮の式年遷宮は、持統朝のときに始められた儀式である。このような偉大なる女帝が、普通のひとりの未亡人として、夫を失った悲しみを涙しつつ詠いあげたのがこの哀傷歌なのである。

持統天皇の御製は四首残されている。

飛ぶ鳥の明日香の里を置きて去《い》なば君があたりは見えずかもあらむ

（明日香の里をあとにして藤原京へ行ったならば、亡き天武天皇が埋葬されている大内陵《おおうちのみささぎ》を見ないで過ごすことになるのであろうか）

藤原京遷都の際、途中で神輿を停めて儀礼が行われたときに詠んだ御製である。これもまた、亡き夫を偲ぶ内容になっている。究極の夫婦愛を見る思いがする。

小倉百人一首

春すぎて夏来にけらし白妙の衣ほすてふ天の香具山

（春が過ぎ去り、夏が来たらしい。民が白い衣を干すという天の香具山が見える）

3

額田王（生没年不詳）

君待つと我《あ》が恋ひ居れば我《わ》がやどの簾《すだれ》動かし秋の風吹く

（あの方が早くおいでにならないかと、恋しくお待ちしていると、家の戸口の簾をさやさやと動かして秋風が吹く）

愛しい天智天皇の訪れを待ちわびている額田王。今宵はもう訪れはないのかと半分諦め気分でいると、簾がササッと動く音にハッとして振り返る。しかし、天智天皇の姿は無く、ただ涼しい秋の夜風のみが額田王の頬を通り過ぎていく。

額田王は斉明天皇と天智天皇に仕えた。天皇に代わって儀式のときなどに歌を詠み、戦を前に士気を鼓舞したり高揚感をあおったりする宮廷歌人であった。後の柿本人麻呂や山部赤人のような立場の歌人である。

額田王は絶世の美女といわれている。初めは天智天皇の弟である大海人皇子（後の天武天皇）の愛人となり、二人の間には十市皇女《とおちのひめみこ》が生まれた。その後、経緯は不明だが、天智天皇に召され寵愛された。つまり、弟の愛した女性を兄が奪い取ったという三角関係にあるわけである。額田王を間に挟んで二人の間には複雑な思いも芽生えたであろう。これが壬申の乱の遠因となったという説もある。天智天皇が崩御した後、跡継ぎをめぐり、天智天皇の皇子である大友皇子に対して、大海人皇子が反乱を起こし滅ぼしたのが壬申の乱だ。なお、複雑なことに、大友皇子の皇后が、大海人皇子と額田王との間に生まれた十市皇女であるということだ。勝敗がどっちに転んでも悲劇となる展開であったが、十市皇女にとっては夫を実の父に殺されるという結果になってしまった。
額田王と大海人皇子との間にあまりにも有名な相聞歌が残されている。

あかねさす紫野行き標野《しめの》行き野守は見ずや君が袖振る

（まあ、紫草の栽培されている標野を行きながらそんなことをなさって。野守が見るではありませんか、そんなに袖をお振りになったりして）

心がときめくような美しいリズムの歌である。天智天皇が即位した翌年に、琵琶湖畔の蒲生《がもう》野《の》という宮廷の薬草園で薬草狩を催した際に詠んだものだ。袖を振るのは、あなたを愛しているというジェスチャーである。かつての愛人の額田王を見つけた大海人皇子が大きく袖を振って合図する。それを見た額田王は「人前でそんな大胆なことをすると野守に見つかってしまいますよ」と心配しながらも皇子を諫める、という歌である。この野守こそ天智天皇その人を指しているのであろう。大海人皇子はただちに答えた。

紫草《むらさき》のにほへる妹《いも》を憎くあらば人妻ゆえに我《あ》れ恋ひめやも

（むらさきのように美しいあなたが好きでなかったら、人妻と知りながら、私はどうしてあなたに心ひかれたりしようか）

堂々とした返歌だ。しかも、兄の天智天皇に対する宣戦布告のような、実に濃厚な恋歌である。ところが、この贈答歌は『万葉集』の「相聞」ではなく、巻一の公的な場での歌「雑歌」に入れられている。さらに、このとき額田王はもう三十五歳ぐらい、大海人皇子は四十歳ぐらいで、当時としてはもうかなり年配であったらしい。これらのことから、実際の状況は、濃厚な相聞歌の贈答というよりも、狩りの後のにぎやかな宴席での座興のようなやりとりであったと考えられている。しかし、天智天皇の同座の中で、単なる戯れだけの歌のやりとりだったのだろうか。私にはそうとは思えない。天智天皇に引き裂かれたかつての恋人同士は、ユーモアで偽装しながらも、この歌で消えやらぬ愛を交わしたのではないだろうか。単なる座興では片づけられない深奥の揺らめきを感じざるを得ないのである。

額田王の『万葉集』初期の代表的な一首、

熟田津《にきたつ》に船乗りせむと月待てば潮もかなひぬ今は漕ぎ出でな

（熟田津で船出をしようと月の出るのを待っていると、月も出て、潮の具合も良くなった。さあ、今こそ漕ぎ出そう）

百済救援に赴くため、日本国の軍団が伊予の熟田津から筑紫へ船出するとき、船団の出発を宣言した歌である。暗い海に月の光が射し、潮も満ちてきた情景を前に、船団の軍人を高らかに鼓舞した凜々しい響きがある。

作家の井上靖は、額田王を主人公にした小説『額田王』を書いた。その中で、額田王は巫女的な役割をしたと解釈され、神秘的で妖艶な女性として叙情豊かに描かれている。推薦したい一冊だ。

4

柿本人麻呂（生没年不詳）

近江《あふみ》の海夕波千鳥汝が鳴けば心もしのにいにしへ思ほゆ

（近江の琵琶湖の夕暮れの波間に群れ飛ぶ千鳥よ、鳴かないでおくれ。おまえが鳴くと私の心もしんみりと哀しみにしおれ、遠い昔のことが思われてならない）

ダイナミックで流れるようなリズムに陶然とするばかりである。何度も声に出して読みたくなる歌だ。「近江の海」は琵琶湖のことである。

「夕波千鳥」は人麻呂が造った詞《ことば》で、夕波に群れたわむれる千鳥のことを表している。昼の輝く潮の光が、夕方になるにつれて弱くなり薄暗くなってくると、波間に漂い遊ぶ千鳥の姿も見えにくくなり、千鳥の声が哀調を帯びて心を揺さぶってくる。そんな情景がありありと目に浮かんでくる。持統天皇の時代の都は藤原宮であるが、持統天皇に仕えた人麻呂が天智天皇の近江大津宮を訪れたとき、この旧都は壬申の乱で焼き滅ぼされた荒都であった。下句は、その古の栄えた昔のことが悲しくも懐かしく思い出されるという内容である。

人麻呂は『万葉集』を代表する大歌人である。持統・文武天皇に仕える宮廷歌人として、公的な儀式の歌や皇子らの死を悼む挽歌などを格調高く詠いあげた一方、私的な和歌にも叙情溢れる名歌が多い。和歌の神として尊崇されており、兵庫県明石市、島根県益田市などには人麻呂を祀る神社まである。勅撰入集は二六〇首ほどである。

人麻呂の歌風は一種独特で、豊穣な情感がひた押しに押してくるような迫力と、人の心を揺さぶる雄大な風格を備えている。

東《ひむがし》の野にかぎろひの立つ見えてかへり見すれば月かたぶきぬ

（東の原野に曙の光がさしそめて、振り返ってみると、月は西空に傾いている）

帝位を踏まずに亡くなった草壁皇子の皇子である軽皇子（後の文武天皇）が、父ゆかりの地へ狩りに出かけたときの歌である。たくましく成長した軽皇子の即位は間近で、持統天皇の長年の悲願はもうすぐ叶うのである。昇る太陽に軽皇子、沈む月に草壁皇子を喩え、新しい時代への希望と栄光を祈るとともに、無念であった草壁皇子に心を寄せている。歌は一見雄渾《ゆうこん》ですばらしい叙景歌であるが、このような意味が含まれていることを知ると、さらに感動は深まる。

天《あめ》の海に雲の波立ち月の舟星の林に漕ぎ隠るみゆ

（大空の海に雲の波が立って、月の舟が、きらめく星の森の中に漕ぎ隠れてゆく）

この幻想的な歌も好きである。天空を海に、雲をその天の海に立つ波に喩えた。さらに、月を舟に、星の群れを森に喩えている。大空、海、雲、波、月、星、森という大自然の要素をふんだんに使い、天空に一大物語を造り上げたスケールの大きな作である。

人麻呂の出自や官途については不明な点が多い。通説では、役人としての身分は低く、地方役人として赴任中に亡くなったとされている。これに対し、梅原猛は『水底の歌――柿本人麿論』で大胆な論考を行っている。人麻呂は高官であったが政争に巻き込まれ、島根県益田市（旧・石見国）の沖合で死刑に処されたとする「人麻呂流人刑死説」を唱えた。また、人麻呂が、伝説的歌人・猿丸大夫《さるまるのたいふ》と同一人物であることも指摘した。著者である梅原猛の論理が極めて明快なので、私はこの説に納得した。梅原猛は斎藤茂吉が提唱した人麻呂終焉の地を舌鋒鋭く否定し、茂吉に対しても仇敵を罵倒するかのごとく激しい批判を加えていたことに驚いた。歴史ミステリーとして読んでも面白い本である。

小倉百人一首

あしひきの山鳥の尾のしだり尾のながながし夜をひとりかも寝む

（夜になると雄と雌が離れて寝るという山鳥だが、その山鳥の長く垂れ下がった尾のように長い夜を、私もまたひとり寝ることになるのだろうか）

5

志貴皇子（生年不詳～七一六）

石走《いはばし》る垂水《たるみ》の上のさわらびの萌え出づる春になりにけるかも

（岩にぶつかってしぶきをあげる滝のほとりのわらび、今こそそのわらびが芽吹く春になったのだ）

春の到来の喜びを詠った歌である。「石走る」は「垂水」の枕詞で、「垂水」は滝のことだが、それほど大きい滝ではないような感じがする。石の上を流れる清々しい水も、滝の音も、水しぶきに濡れる緑のさわらびも、春の到来にふさわしい情景である。上句の「垂水の上のさわらびの」の、「の」の音の重複が気持ちよいリズム感を作っている。下句は大らかなたっぷりとした詠いぶりで、皇子にふさわしい品格が感じられる。なお、さわらびは初春ではなく仲春になって生えるので、春の到来の喜びとは多少時期的にずれているかもしれない。

ところで、山形県の田舎に育った私は、わらびのおひたしや味噌汁が好物なのだが、わらび採り名人に話を聞くと、わらびは山の日当たりの良い斜面に生えていて、滝のほとりのような湿地に生えるものではないという。こういう観点からすると、この歌は写実的に実景を詠んだものではなく、春という主題を観念的に詠んだ歌として捉えるべきと考えられる。とはいえ、私は『万葉集』の中でこの歌が最も好きな歌の一つであり、特に新春にふさわしい歌なので、時々年賀状に書き添えることもある。

志貴皇子は天智天皇の第七皇子である。天智から持統朝の時代にかけては、有馬皇子や大津皇子のように権力争いに巻き込まれて殺されてしまう事件が多く、皇子に生まれても決して生きやすい時代ではなかった。そのなかで、志貴皇子は権力争いから一歩身を引き、上手に世の中を渡ることができて長生きした皇子である。皇統は天智系から天武系に移り時代を経たが、奈良時代末期の七七〇年称徳女帝が崩じたとき、天武系の皇統が絶えてしまった。このとき、志貴皇子の皇子で白壁王という老境にさしかかった皇子が即位（光仁天皇）し、天智系が復活した。志貴皇子はすでに五十年以上前に崩じていたが、「田原天皇」と贈名されるようになった。以後も皇位は天智の系譜が引き継ぎ、現在の今上天皇も志貴皇子の男系子孫にあたる。

葦辺《あしへ》行く鴨の羽がひに霜降りて寒き夕《ゆふへ》は大和し思ほゆ

（枯葦のそばの水面を行く鴨の羽がいに霜が置いて、寒さが身に沁みる夕暮は、とりわけ大和の都に残してきた妻のことが思われる）

七〇六年文武天皇が難波の宮へ行幸した際に、お供したときの歌である。難波宮は寂しい海辺の葦そよぐ所にある。厳しい寒さと静けさの中での独り寝で、暗くなるにつけ妻への思いがつのるばかりである。「羽がい」とは羽が重なり合って交わるところで、そんな隠れたところに降《お》りた霜まで見えるのかと訝ってしまうが、志貴皇子の研ぎ澄まされた詩心は、その細部に輝くきらきらした霜までも捉えるのであった。

『万葉集』収載歌は六首のみであるが、皇子の歌には清冽な気品があり、『万葉集』を代表する歌人の一人に数えられている。

6

山部赤人（生没年不詳）

若の浦に潮満ち来れば潟をなみ葦辺をさして鶴《たず》鳴き渡る

（若の浦に潮が満ちてくると干潟がなくなるので、葦の生えている岸辺を目指して鶴が鳴き渡っている）

聖武天皇が紀の国に行幸したときの歌である。若浦とは和歌浦のこと。ひたひたと満ちてくる波の音を聞きながら向こうの方を眺めると葦の原が拡がっている。そこへ、鶴の群れがしきりに鳴きながら渡ってくるのである。目の前の風景をそのまま詠ったような感じだが、なぜか心に沁みる。人麻呂の歌と同様、思わず口に出して詠んでみたくなる歌だ。

赤人の経歴は全く不明だが、聖武天皇の行幸にお供して歌を詠ずる宮廷歌人であったと考えられている。赤人は人麻呂と並び称された歌仙である。たとえば、紀貫之が書いた『古今和歌集』仮名序には、人麻呂と赤人は甲乙つけがたいと記されている。大歌人の大伴家持でさえ、自らの歌才が「山柿の門」に到達できないとまで書いている。ここでの柿は人麻呂、山は赤人を指している。

赤人の個性は人麻呂とは全く異なる。人麻呂は雄大に情念を吹き出して人の心を揺さぶるが、赤人は美しい自然の事象を清らかに歌い上げることが多く、清澄で透明感のある歌が特徴だ。赤人の湧き上がった感情はむしろ、己の心の内へ内へと向かうようである。清川妙は「彼の歌は小さな物へと目をとめ、かぎりない愛をそそぐ。彼はなつかしさをたたえた人である」と評している。勅撰入集は五十首ほどある。
次の二首も赤人らしい歌だ。

ぬば玉の夜の更けゆけば久木生ふる清き川原に千鳥しば鳴く

（夜がしんしんと更けるにつれて、久木の生い茂る清らかな川原で千鳥がしきりに鳴いている）

これも聖武天皇の吉野離宮行幸にお供した折献上した歌である。「久木《ひさぎ》」は赤芽柏《あかめがしわ》とも、きささげともいわれる。

春の野にすみれ摘みにと来し我れぞ野をなつかしみ一夜寝にける

（春の野にすみれの花を摘もうとやってきた私は、野辺の美しさに心引かれて、ここでつい一夜を明かしてしまった）

すみれの花は摘み取るとすぐ萎えてしまうので、古人は、花の生命力が摘み取った人の魂に移ると考えていたという。この歌に関して、斎藤茂吉は、すみれを摘み取るのはほかの若草と共に食用とするためだった、と述べている。一方、すみれを薬草として食べていたとする説もある。すみれにはルチンが含まれており、止血剤にもなるが、高血圧にも効果があったという。もし、赤人という名前が、文字通り紅い顔をしていたことからつけられたならば、なるほど赤人は高血圧だったのかもしれない。

小倉百人一首

田子の浦にうち出でてみれば白妙の富士の高嶺に雪は降りつつ

（田子の浦に出てみたら、真っ白な富士山の高嶺に、しきりに雪が降り続いているよ）

7

大伴旅人（六六五～七三一）

我が園に梅の花散るひさかたの天《あめ》より雪の流れ来るかも

（このわが園に梅の花がしきりに降る。その白い花びらは天から流れてくる雪であろうかと思われるばかりに）

天平二（七三〇）年正月十三日、大宰帥《だざいのそち》大伴旅人邸の梅園で梅花の宴が催された。公式行事の後の和やかな酒宴であった。招かれたのは大宰府の官人、遠国の出張役人、山上憶良・沙弥満誓らの友人など三十二名で、宴席では三十七首の歌が詠まれた（『万葉集』八一五～八五二番）。

掲出歌は八二二番、大宰府長官自ら詠ったもので、白い梅の花びらが天より雪のように流れてくると表現している。雪のように「降ってくる」でもなく「落ちてくる」でもなく、「流れてくる」としたところに旅人らしい歌才が表れている。正月十三日は、梅が散るにはやや早いという厳しい指摘も見られるが、旅人が見た幻想と思えば、さらに歌の魅力は増す。

旅人が詠んだ次の八五二番歌も好きだ。

梅の花夢《いめ》に語らくみやびたる花と我《あ》れ思《も》ふ酒に浮かべこそ

（梅の花が夢の中でこう語った。「私は風雅な花だと自負しています。どうか酒の上に浮かべてください」と）

「みやびたる」以下が梅の花が言った言葉である。夢に現れたのは梅の花の精で、旅人に語りかける形を取っている。はらはらと舞い散ってきた白梅の花が酒杯に浮かぶ。これを風流と感じる古人の心は、今の現代人にもそのまま伝わっているのである。

なお、これらの歌の序文の中に「時に、初春の令月にして、気淑《よ》く風和《やはら》ぐ」（折しも、初春の佳き月で、気は清く澄みわたり風はやわらかにそよいでいる）という文があり、ここから「令和」という年号がとられたのである。

大伴旅人は、大和朝廷以来の武門の家に生まれ、順調に昇進し、大納言に至る。大伴家持、書持《ふみもち》の父で、坂上郎女《さかのうえのいらつめ》の異母兄である。六十歳を過ぎてから大宰帥として筑紫に赴任した。漢詩文に長けた教養人であり、山上憶良とともに筑紫歌壇を形成した。勅撰入集は十三首、『万葉集』には五十首以上収載されている。

筑紫赴任中に妻を喪い、六十五歳の時に帰京。奈良の自宅に帰ってきたときに詠んだのが次の歌だ。

人もなき空しき家は草枕旅にまさりて苦しかりけり

（こうして今帰ってきたもののやっぱり、妻もいないがらんとした家は、旅の苦しさにましてなんとも無性にやるせない）

なんの技巧も飾り気も感じられない平淡な歌であるが、こう詠わずにはいられない旅人の切々たる孤独感が伝わってくる。その翌年の夏、旅人は妻のもとへ旅立った。

8

山上憶良（生没年不詳）

若ければ道行き知らじ賄《まひ》はせむ黄泉《したへ》の使《つかひ》負ひて通らせ

（まだ年端もゆかないので、どう行ってよいかわかりますまい。贈り物は何でも致しましょう。黄泉《よみ》の使いよ、どうか背負って行ってやって下さい）

『万葉集』九〇六番の歌であるが、この一つ前に「男子名は古日に恋ふる歌」という慟哭の挽歌がある。それは次のような内容だ。

「願いに願ってやっと授かった白玉のようなかわいい男の子、名は古日《ふるひ》。一人前に成長するのを見届けようと楽しみに育てる。ところが古日は急に病気になり、どうしてよいのかわからず天の神に祈り、地の神を拝み、居ても立ってもいられない。そして、持ち直すことなく息絶えてしまう。父親は思わず跳びあがり、地団駄踏んで泣き叫び、伏しつ仰ぎつ、胸を叩いて嘆きくどいた。ああ、これが世の中を生きていくということなのか」

このような悲痛に満ちた長歌が詠まれ、次に詠まれた反歌が今回の歌である。長歌も反歌も涙なしでは読むことができない。

憶良は漢学に造詣が深い教養人で、五年間遣唐使として儒教や仏教の最新の学問を研鑽してきた。聖武天皇の東宮時代に侍講を務めた。その後筑前守に任命され、大宰帥であった大伴旅人と親しく交わり、筑紫歌壇を形成した。社会的な優しさや弱者を鋭く観察した歌を多数詠んでおり、当時としては異色の社会派歌人として知られた。『万葉集』に八十首以上掲載され、勅撰入集は五首ある。

憶良といえば、子どもへの愛を歌った歌人として有名である。

銀《しろかね》も金《くがね》も玉も何せむにまされる宝子にしかめやも

（銀も黄金も玉もいったい何になろう。これら優れた宝も子に及ぼうか。及びはしないのだ）

瓜食《は》めば子ども思ほゆ栗食めばまして偲はゆ何処より来りしものぞまなかひにもとなかかりて安眠《やすい》し寝《な》さぬ

（瓜を食べると子どもが思われる。栗を食べるとそれにもまして偲ばれる。こんなにかわいい子どもというものは、いったいどういう宿縁でどこからわが子として生まれてきたものなのであろうか。そのそいつがやたらに眼前にちらついて安眠させてくれない）

憶良が病に沈んだとき、涙を拭いながら悲しんで詠んだ辞世が次の歌だ。

士《をのこ》やも空しくあるべき万代に語り継ぐべき名はたてずして

（男子たるものは、為すこともなしに世を過ごしてよいものか。万代までも語り継ぐに足るだけの名というものを立てもしないで）

大東亜戦争中は精神鼓舞の材料として使われていたが、後世にまで名を残そうという心意気を示したこの歌は、現代にも通ずるものがある。

9

大伴家持（七一八〜七八五）

我がやどのいささ群竹《むらたけ》吹く風の音のかそけきこの夕《ゆうへ》かも

（わが家の庭の清らかな竹の群立ち、その竹を吹く風の、葉ずれの音がかすかに聞こえてくる、この夕べの物寂しさよ）

「いささ群竹」の「いささ」は清浄な笹という解釈もされているが、私は詞通り「竹の群立ち」と採りたい。「かそけき」は光、色、音などが知覚できるかできない程度の儚さで、家持がはじめて開拓した詞である。夕暮れのほのかな光の中、ひとりたたずむ孤独な家持。わが家のわずかばかりの群竹を春風がそよそよと通り過ぎてゆき、その葉ずれの音がかすかに聞こえてくる。ああ、この夕暮れのやるせない寂しさよ、とひとり呟くのだ。ひとり静かにこの歌を読んでいると、かさかさという音がわずかに響いてくるような気がする。もし、『万葉集』の中から一つだけ好きな歌を選びなさいといわれたら、私は迷わずこの一首を選ぶ。田辺聖子はこの歌を「こまやかな心のふるえの独白を耳元で聴く思いがする。万葉のメランコリイはこの一首に凝って珠となった」と賛嘆している。

数年前の春、「哲学の道」をのんびりと歩いて銀閣寺に行ったことがある。もう閉館時間が迫る夕方であった。帰りの出口の方に歩いて、銀閣寺のちょうど裏側にさしかかったときだった。どこからともなく竹の葉がさらさらとそよぐ音が聞こえてきた。そのとき家持のこの歌が心の中に浮かび上がり、しばらくそこに立ち尽くしていたことが思い出される。
　選抜首と同じ時期に詠われたのが次の二首、

春の野に霞たなびきうら悲しこの夕影に鶯鳴くも

（春の野に霞がたなびいて、何となしにもの悲しい、この夕暮れのほのかな光の中で、鶯が鳴いている）

うらうらに照れる春日にひばり上り心悲しもひとりし思へば

（うららかに照っている春の日の光の中に、ひばりの声が空高く舞い上がって……、この心は悲しみに深く沈むばかりだ。ひとり物思いに耽っていると）

　これら三首に共通するものは、家持独自の繊細な感性が捉える「春愁」である。特にこれだという悲しい原因があるわけではない。しかし、群竹の風音も、夕霞の鶯も、昼下がりのひばりの声も、心の奥底の感じやすい部分に触れてきて、春の哀しみに心を震わせるのだ。この微妙な感覚は現代の私たちにも共有できるものではないだろうか。家持が到達した憂愁の境地は、極めて近代的といって良い。このとき、家持は三十六歳であった。
　大伴家持は大伴旅人の嫡男である。弟に夭折した書持、叔母に坂上郎女がいる。坂上郎女の娘・大嬢《おおいらつめ》を正妻とした。代々軍事を司る家系の高官で、今で言えば自衛隊の幕僚長のような立場であった。最終的には中納言まで昇ったが、藤原氏の勢力に押されて、謀反に関わったとして左遷や解任されたこともあり、官人としては波乱に満ちた人生であった。
家持は人麻呂や赤人らの宮廷歌人の伝統を引き継ぎ、万葉歌の世界を総合した大歌人である。『万葉集』の撰者・編纂者といわれ、『万葉集』に四七三首という最も多くの歌を残した。勅撰入集は六十三首ある。『万葉集』四五一六番、最終を飾ったのも家持の歌だ。

新しき年の初めの初春の今日降る雪のいやしけ吉事《よごと》

（新しい年のはじめの初春の今日降る雪、この降り積もる雪のように、いよいよ積もりに積もれ、佳き事が）

正月の大雪は豊年の瑞兆《ずいちょう》とされたのである。『万葉集』はこのように、未来の幸せを願う歌で終わる。このとき家持は四十二歳。この歌以降、生涯を終える六十八歳まで、家持が詠ったとされる歌は残されていない。

小倉百人一首

かささぎの渡せる橋におく霜のしろきを見れば夜ぞふけにける

（かささぎが白い翼を広げて天の川にかけた橋のように見える御所の階段に、白く霜が降りているところをみると、夜もずいぶん更けたのだなあ）

10

小野小町（生没年不詳）

はかなしやわが身のはてよ浅みどり野辺にたなびく霞と思へば

（はかないことだ、わが身の果てよ。それはただうっすらとした藍色の野辺にたなびく霞であると思うと）

第三句の「浅みどり」がポイントである。「野辺」に枕詞風に繋がるとともに、霞のはかない色を示唆している。もしこの鮮やかな色彩の詞がなければ、単なる陰鬱な響きの歌になってしまうだろう。なお、浅みどりは薄い緑ではなく、夕空のような薄い藍色である。また、「霞」とは、荼毘の煙が天に立ち昇るという意味である。憂き世の恋も悩みもしがらみも、死ねば焼かれて野辺にたなびく浅みどりの霞になるだけ、という小町のひそやかなつぶやきが聞こえてくるようだ。

小野小町は、日本ではクレオパトラ、楊貴妃とともに世界三大美人の一人とされている。小町の出生・経歴とも不明だが、小野篁《たかむら》［本書11番］の孫あるいは娘とする説がある。絶世の美女であったこと、仁明天皇・文徳天皇の頃宮廷に仕えていた点だけは諸説共通する。『古今和歌集』に残されている贈答歌から、在原業平、遍昭、文屋康秀らと親交があったということも確かである。しかし、晩年の小町が乞食姿で諸国を放浪し老醜をさらしたという伝説は、全く根拠がないことと言わざるを得ない。

小町の歌には女性らしい繊細さの中にも情熱的な恋愛感情が描かれているものが多い。『古今和歌集』仮名序で、紀貫之は彼女の歌を評して「あはれなるやうにてつよからず。いはばよき女のなやめるところあるに似たり」と、つまり、しみじみとしたところがあって、貴婦人が病んでいるような風情がある、と述べている。勅撰入集は六十五首ある。小町といえば夢の恋歌を多く詠った歌人という印象が強い。その中から特に惹かれる二首を挙げたい。

うたたねに恋しき人を見てしより夢てふものはたのみそめてき

（不意に落ちたうたた寝に恋しい人を見た。その時から、夢という頼りないはずのものを、頼みに思うようになった）

思ひつつ寝ればや人の見えつらむ夢と知りせばさめざらましを

（恋しく思いながら寝入ったので、その人が現れたのだろうか。夢だと知っていたら、目覚めたくはなかったのに）

古代の人は、霊魂が身体を抜け出して夢に現れると考えていた。つまり、夢に人が現れるのは、「その人が自分のことを思っているから」か、あるいは「自分がその人を思っているから」かのどちらかなのである。二首のうち前者は「その人が自分のことを思っているから」であり、後者は「自分がその人を思っているから」ということになる。いずれの歌も、現実の世界では逢うことができないという辛さが感じられる。私もよく夢を見るほうで、以前は夢日記などもつけたことがあるが、夢に出てくる女人はもちろん、細君以外にはいない。
六歌仙に撰ばれた文屋康秀とは特に親しかったらしく、国司として三河国に下ることになった康秀から「私と田舎見物に行きませんか」と戯れの歌を贈られて、

わびぬれば身を浮き草の根をたえて誘う水あらばいなむとぞ思う

（詫び暮らしをしていたので、我が身を憂しと思っていたところです。浮草の根が切れて水に流れ去るように、私も誘ってくれる人があるなら、一緒に都を出て行こうと思います）

と返歌している。あの小町からこんなことを言われて、一種の戯れと分かってはいるものの、康秀はさぞかし有頂天になったのではないだろうか。

小倉百人一首

花の色はうつりにけりないたづらにわが身よにふるながめせしまに

（桜の花の色もすっかり色あせてしまった。春の長雨をぼんやり眺めているうちに。私も年を重ねてきた。物思いをしている間に）

11

小野篁《たかむら》（八〇二〜八五二）

思いきや鄙《ひな》のわかれにおとろへて海人《あま》の縄たきいさりせむとは

（思ったただろうか。田舎の地に遠く隔てられ、心が弱り果て、海人の縄を手繰って漁をしようとは）

「おとろえて」は意気消沈することだが、落ちぶれるという意味もある。「縄たき」は漁師が漁をするときに縄（網縄・釣縄）を手繰ることである。

小野篁は、最初の遣隋使として有名な小野妹子の五代目の子孫で、篁の子孫が小野小町である。小町は篁の孫か娘という説があり、二〇二三年に出版された高樹のぶ子の小説『小説小野小町百夜』では娘という設定になっている。篁は幼少の頃は弓馬に専心し学問嫌いであったが、成人してから勉学に励み、平安時代初期の屈指の漢学者となった。性格は極めて独特だ。身長一八六センチの大男で性格は直情径行、曲がったことは大嫌いという気骨があり、「野狂」というあだ名があった。

遣唐使に二度選ばれたがいずれも航海に失敗し、仁明天皇のとき三度目の遣唐副使に任じられた。このとき遣唐大使である藤原常嗣の船が破損していたので、常嗣は篁が乗る船と取り換えることを願い出た。朝廷はこれを許可したので、篁は怒って乗船を断固拒否し、風刺する詩を作って抗議した。筋が通らないことは許せない性分なのだ。これが咎められ隠岐に流罪となった。隠岐は島根半島の北にある島で、本州から五十キロメートルも離れている寂しい漁村である。この約四百年後に後鳥羽院も隠岐に流罪となるので、後鳥羽院の大先輩ということになる。篁は、仁明天皇にその才能を惜しまれ二年後に召喚され、参議を経て従三位となっている。

掲出歌は隠岐に流されたときに詠ったものである。実際に篁自身が漁師と一緒に魚を捕ったわけではない。それは言葉のうえだけで、流人生活の悲劇的詩情を誇張しただけのものであり、不思議と悲壮感は伝わってこない。「思いきや」という叩きつけるような一句切れが象徴するように、むしろ堂々とわが身の不幸を嘆く豪胆さが感じられる。なお、「思いきや」の詞はこの後多くの歌人に取り入れられ、藤原俊成などは私が知る限り三首に使っている。たとえば、

思いきや別れし秋にめぐりあひてまたもこの世の月を見むとは　　藤原俊成

小倉百人一首

わたの原八十島《やそしま》かけて漕ぎ出でぬと人には告げよ海人のつり船

（はるか大海原を多くの島々を目指して漕ぎ出して行ったよと、都にいる親しい人たちに告げてくれ、漁師の釣船よ）

これも隠岐に流されたときの歌である。「海人」は「天」すなわち天皇を、「つり船」は遣唐使船を暗示していることは容易に分かり、「遣唐使を廃止せよ」という意味が込められている。

篁のこれらの歌は、大変な影響力があったのである。というのは、遣唐使は一〜十数年のサイクルで派遣され続けていたのが、篁が乗船拒否した第十九回遣唐使のあとは五十六年間も遣唐使の派遣が停止された。そしてついに菅原道真の決断により遣唐使は廃止されたが、そのきっかけになったのは篁の歌であったのだ。遣唐使派遣は、遭難が多く危険が高い割に、唐から学ぶべきものが少なく、その存在意義が疑問視されていた。歌が歴史を動かす原動力になったのである。

篁はこういう一風変わった性格なので逸話が多く、地獄の冥官だったというのもその一つだ。京都の珍皇寺《ちんのうじ》から冥界に入って、閻魔大王のもとで罪人を裁き、嵯峨野の生の六道という地から現世へ還ってきたという。不思議な魅力を放つ人物である。

篁の好きな歌をもう一つ挙げると、

花の色は雪にまじりて見えずともかをだににほへ人のしるべく

（白梅よ、花の色は降りしきる雪に紛れて見えなくても、せめて香りだけでも匂わせよ、人がそれと気づけるように）

篁の子孫である小町は、「花の色は」で始まるこの歌を意識して、「花の色はうつりにけりな」と詠ったことは確かである。篁の「花」は梅だったが、小町の「花」は桜であった。

12

遍昭《へんじょう》（八一六〜八九〇）

末の露もとのしづくや世の中のおくれさきだつためしなるらむ

（葉末に宿る露や根元にしたたり落ちる雫は、この世の中では早いか遅いかの違いはあっても、すべてのものがいつかは滅びてゆくということの実例であろうか）

「末の露」は草木の葉末に置く露、「もと」は草木の根元の意味である。梢の露も根元の雫も、早いか遅いかの違いはあれ、結局は落ちてゆく。それと同じように、世の中は遅れて亡くなる人もいれば先んじて死んでいく人もいる。我々の命はさだめのない儚いものよ、と嘆じているのだ。永劫の中では人の命は、露や雫の一瞬のきらめきのようなものかもしれない。この歌は遍昭を引き立ててくれた仁明天皇が崩御したときに詠われた。

遍昭の俗名は良岑宗貞《よしみねむねさだ》。桓武天皇の孫で、素性法師《そせい》［20番］の父である。抜群の美男で容姿端正であったといわれている。仁明天皇の恩寵を受け蔵人頭《くろうどのとう》になる。この役職はいわゆる天皇秘書官のトップである。仁明天皇が崩御したその日に出家し、比叡山に入った。愛する妻や子どもには何も告げずに、突然姿を消すような仕業だったという。このとき三十五歳の遍昭は、剃髪にあたって悲痛な思いを次のように詠った。

たらちめはかかれとてしもむばたまのわが黒髪を撫でずやありけむ

（母はまさかこのようなことになれと思って、幼い私の黒髪を撫でたのではなかったろう）

その後、五十代に入ると名僧として再び宮廷に迎えられる。光孝天皇が即位すると、光孝天皇と遍昭は竹馬の友だったので、いよいよ重く用いられ、七十歳のときに仏教界で最高位の指導者である僧正となる。

遍昭の本来の歌風は、どちらかというと軽妙な明るいものであり、機智に富んだ次の二首が気に入っている。

蓮葉《はちすば》のにごりにしまぬ心もてなにかは露を玉とあざむく

（蓮は濁った泥水に染まらない清浄な心でありながら、なぜ露を玉と偽るのだろうか）

法華経に「世間の法に染まらざること、蓮花の水にあるがごとし」とあるのを典拠としている。自身が高僧でありながら、仏の心の象徴である蓮を素材に戯れるところが大胆だ。

花の色は霞にこめて見せずとも香をだにぬすめ春の山風

（花の色は霞にこめて見せなくとも、せめて香だけは盗んで運んできておくれ、春の山風よ）

若い頃は深草少将と呼ばれ、小野小町との恋物語を残した。ハンサムなだけではなく洒脱明朗な男で、出家後も小町と飄逸《ひょういつ》な問答歌を交わしている。

石《いそ》の上に旅寝をすればいと寒し苔の衣をわれに貸さなん　　小野小町

返歌　世をそむく苔の衣はただ一重貸さねば疎しいざ二人寝ん

石上寺に遍昭が居ると聞いた小町が、「寒いから黒染めの衣を貸してほしい」と挑発。それに対し、遍昭は「一枚しかない衣、お断りするのも失礼。いっそ二人で寝ましょう」と返している。

小倉百人一首

天つ風雲のかよひ路吹きとぢよをとめの姿しばしとどめむ

（天を吹く風よ、雲の中の天上への通い道を閉ざしておくれ。天女たちが舞う姿をしばらくここに引き留めておきたいから）

13

源融《みなもとのとおる》（八二二〜八九五）

照る月をまさきの綱によりかけてあかず別るる人をつながむ

（輝く月をまさ木の葛を綱に縒って繋ぎ止めよう、心残りのまま別れてゆく人も）

「まさ木」は杣木を運ぶのに使う葛のこと。詞書によると、親友の在原行平［15番］が月の明るい夜に訪れて来てお酒を飲んで歓談した。さあ帰ろうとしたとき、融が名残を惜しんで作った歌である。山の端に隠れてしまいそうな美しい月を止めて、いつまでも夜が明けないようにしたいという心である。繋ぎ止めておきたいのは、傾く月だけでなく、語り飽きない友人の両方なのだ。行平の返しの歌が

かぎりなき思ひの綱のなくばこそまさ木のかづら縒《よ》りも悩まめ　　在原行平

（限りなく長いまさ木の葛のように、あなたの思いも限りなくあるでしょうか。もしないのであれば綱に縒るのは大変でしょうね）

と、融の大げさな歌をからかっている。

源融は嵯峨天皇の十二番目の皇子である。子沢山の嵯峨天皇は、これをみな親王にすると国家財政がもたないという理由から、男女八人に「源朝臣」の姓を賜り臣下とした。いわゆる嵯

峨源氏である。この中で特に頭角を現したのが融である。陸奥出羽の按察使《あぜち》となり莫大な富を築いた。その財力は国家予算の数年分もあったという説もある。その後参議を経て左大臣まで昇進した。融は富と権勢を背景に豪奢な逸楽の生活を送ったのである。賀茂川のほとりに四四〇〇メートル四方の河原院と呼ばれる豪邸を造り、風光明媚な奥州塩竈の風景をそっくり模して、藻塩の煙の立つ様子を鑑賞した。池を満たす潮は、難波尼崎の浦から毎日五キロリットルもの海水を役夫数百人に運ばせたという。この河原院では毎晩歌会や管弦などの催し物が開かれ、在原業平などの風流人たちが集ったという。河原院は融の没後荒れ果て、融の曾孫の所有となったとき、荒廃した栄華の跡地に風情を感じて歌人たちが集まり、その中の一人恵慶[44番]が

八重むぐらしげれる宿のさびしきに人こそ見えね秋は来にけり　　恵慶

と詠んで、小倉百人一首に選ばれた。

融の意地が一瞬光を放ったエピソードがある。悪名高き時の権力者であった藤原基経が陽成天皇を廃位し、次の天皇に誰をたてようかという会議が宮中で行われたとき、融は「いかがかは。近き皇胤をたづねば、融らもはべるは」と主張したという。つまり、近い天皇の血筋ならこのワシもいるぞ、と皇位をのぞむ野心を示したのであった。しかし、基経に拒まれ、結局光孝天皇が即位することになった。

実は、この融こそが『源氏物語』の光源氏のモデルではないかと言われている。高貴な出自

で、容姿端麗、教養もあり財力もあるとなれば、光源氏と融はぴったりと重なる。実際、河原院そのものが光源氏の邸宅である六条院と、場所も規模も一致しているのである。光源氏を彷彿させるような風流な歌も詠んでいる。

今日桜しづくにわが身いざ濡れむ香ごめに誘う風の来ぬ間に

（今日、桜よ、雫にわが身はさあ濡れよう。香もろともに誘い去ってゆく風が来ないうちに）

小倉百人一首

陸奥《みちのく》のしのぶもぢずり誰ゆえに乱れそめにしわれならなくに

（奥州のしのぶもじずりの乱れ模様のように、私の心も千々に乱れているのは、あなたのせいですよ）

14

光孝天皇（八三〇〜八八七）

君がせぬわが手枕は草なれや涙の露の夜な夜なぞおく

（そなたが手枕をしてくれない私の袖は草なのだろうか。涙の露が夜ごと置くところをみると）

「手枕」は男女が共寝するとき、一方が他方の腕を枕にすることである。いつもならあなたの手枕で寝るのに、独り寝が続くので寂しさに堪えきれず涙が流れる。草が露を置くように、私の袖も濡れてしまう、という意味である。長い間里に下って参上しない更衣（皇后よりかなり低い身分の女房）に対し、軽い戯れの気持ちもこめて贈った歌である。天皇がこれほど艶のある歌を詠むのも珍しいが、二十九人も子どもがいたというから、多くの更衣を抱えた色好みの帝であったのだろう。女の返歌はいささか凡庸であった。

露ばかりおくらむ袖はたのまれず涙の川の瀧つ瀬なれば　　読み人知らず

（露の涙などでは愛の証としては頼みにもなりません。私の方は涙の川が滝のように流れているのですから）

光孝天皇は、仁明天皇の第三皇子である。若い頃から勉学に励み、諸芸に優れた文化人で、容姿は閑雅であったという。特に和琴に秀で、相撲を奨励した。性格は温厚で誠実、人望があった。時の権力者藤原基経によって陽成天皇が廃位された後、多くの皇位継承者の中から基経に推され践祚《せんそ》した。このときすでに五十五歳であった。まさにサプライズ人事というべきもので、本人としても青天の霹靂《へきれき》であっただろう。しかし、光孝天皇は即位してわずか三年の後五十八歳で崩御している。

『大鏡』に光孝天皇の人柄を示す逸話が残されている。親王時代、ある大きな宴席で給仕役がちょっとした粗相をしたときに親王がふっと灯を吹き消して、給仕役のミスを目立たないように取りはからってやった。まだ若かった基経はこれを目撃して、親王の慈悲の心に感じ入り、後の天皇推挙に繋がったということだ。

『徒然草』の第一七六段には、即位後も不遇だった頃を忘れないで、御自らたびたび自炊をしていたことが記されている。そのためその場所は、薪の煤で戸が黒くなってしまい「黒戸」と呼ばれていたという。斯くの如く、庶民的、色好み、予期せぬ幸運な即位というように、珍しいタイプの帝であったようだ。人間的な優しさは小倉百人一首の歌に表出している。

光孝天皇は幼少時、遍昭の母を乳母として大和石上で育った関係で、遍昭とは親交が深く、和歌は遍昭から手ほどきをうけたと考えられている。勅撰入集は十四首ある。

逢はずしてふる頃ほひのあまたあれば遥けき空にながめをぞする

（恋しい人に逢わないで雨の降り続く日々が多いので、遥かな空を見つめてもの思いに沈んでばかりいるよ）

小倉百人一首

君がため春の野にいでて若菜つむわが衣手に雪はふりつつ

（あなたのために春の野に出て若菜を摘んでいると、私の衣の袖に雪が降りしきっていました）

15

在原行平（八一八～八九三）

旅人は袂すずしくなりにけり関吹き越ゆる須磨の浦風

（旅人は袂を冷ややかに感じるようになった。関を自由に吹き越えてゆく須磨の浦風よ）

行平三十七歳の時、何かの事件に連座し、流罪というわけでもないが自ら身を引いて摂津国の須磨に籠もったらしい。「旅人」とはむろん自分自身のことである。同じ時期に詠った、

わくらばに問ふ人あらば須磨の浦に藻塩たれつつ侘ぶと答へよ

（たまたまでも私のことを尋ねる人がいたら、須磨の浦で藻塩をしたたらせつつ、涙に濡れて侘しく暮らしていると答えておくれ）

という有名な歌がある。この歌も良いが、掲出歌のほうが籠居中の悲哀感がより強く、季節の推移やその地の荒涼さと侘しさが感じられる。

紫式部はこの行平の籠居の場面を参考にして、『源氏物語』の中で、光源氏が須磨に蟄居《ちっきょ》する「須磨の巻」を構想したのである。一部分を引用すると、

「須磨には、いとど心づくしの秋風に、海はすこし遠けれど、行平の中納言の、『関吹き越ゆる』と言ひけん浦風、夜々はげにいと近く聞こえて、またなくあはれなるものは、かかる

所の秋なりけり……独り目をさまして、枕をそばだてて四方の嵐を聞きたまふに、波ただここもとに立ちくる心地して、涙落つともおぼえぬに枕浮くばかりになりにけり」

この箇所は『源氏物語』のなかでも屈指の名場面である。なお、小倉百人一首には『源氏物語』を連想させる歌が三割近くにも及ぶという。

行平は平城天皇皇子・阿保親王《あぼしんのう》の第二皇子である。九歳の時在原の姓を賜り皇籍を離れた。業平［16番］の異母兄であるが、業平とは性格も経歴も全く異なる。地道に役人の仕事を遂行し、蔵人、因幡守、参議と順調に昇進し、中納言にまで出世した。政治にも経済にも力を発揮して、権勢を誇った藤原基経と対立するほどの硬骨漢であった。文化の面でも活躍し、現存最古の歌合「在民部卿歌合」の主催者であり、また、藤原氏一族の子弟のための学問所「勧学院」に倣い、「奨学院」を創設した。在原氏の長として一族の繁栄のために尽くした人であった。七十五歳で薨《みまか》った。

和歌の才は業平より劣るが、波乱の実生活から歌が自然に生まれてくるという才能があった。弟である業平に似てハンサムであったかどうかは分かっていない。勅撰入集は十一首ある。

小倉百人一首

たち別れいなばの山の峰に生ふるまつとし聞かばいま帰り来む

（お別れして因幡の山に私が行ってしまっても、因幡の山の峰に生えている松のように、あなた

が待っていると聞いたならば、すぐに帰ってきますよ）

ある地方では、この歌を三度唱えると、行方不明の猫が無事に戻ってくるという言い伝えがある。

16

在原業平　（八二五～八八〇）

月やあらぬ春や昔の春ならぬわが身ひとつはもとの身にして

（自分ひとりは昔ながらの自分であって、こうして眺めている月や春の景色が昔のままでないことなど、あり得ようか）

「月やあらぬ」は「月や昔の月ならぬ」の略である。『伊勢物語』第四段で詠われたあまりにも有名な絶唱歌である。清和天皇皇后である高子《たかいこ》は藤原家の貴姫で、少女の頃業平と激しい恋に落ちた。二人の仲は高子の兄藤原基経に引き裂かれようとしたが、業平はついに姫を盗み出して背に負って逃げる。ところが、姫は基経に奪い返されてしまい、宮中奥深い所に嫁いでしまった。

一年経って業平は姫が住むところにやってきたが、当然業平が立ち入れる所ではない。折しも月が出て梅の花が匂ってきたので、懐旧の情に堪えきれずこの歌を詠い、板敷きに伏して夜を明かしたのであった。月は去年のままの輝きであり、春は同じ春景色であるはずなのに、失われた過去はもう戻らず、自分の境遇はすっかり昔とは異なったものになってしまった、と嘆くのだ。ひとり嗚咽する業平がここにいる。物語から切り離してこの一首をみても、遠い青春の追憶の情にたえない名作である。

業平は平城天皇皇子阿保親王の第五子で、母は桓武天皇皇女の伊都《いと》内親王である。前出の行平の六歳下の異母弟である。文徳天皇皇子の惟喬親王《これたか》（母方の甥）に仕えた。出世裏街道を歩んだが、後に、昔の恋人であった皇太后高子《たかいこ》によって蔵人頭という要職に抜擢された。業平といえば伝説的な美男の代表である。『日本三代実録』には、「見た目が秀麗で物腰が優雅、性格は自由奔放、学問はあまりできないが、良い歌を作る」と書かれている。歌人としては、たぎる思いや情熱をさらりと詠み、軽妙で美しい歌を多く作る天才肌の人であった。

『古今和歌集』仮名序で紀貫之は、「その心余りて詞たらず。しぼめる花の色なくて匂ひ残れるがごとし」、つまり「気持ちが溢れすぎて表現が不十分。色あせた花の香りが残っている」と評価している。これはそれほど悪い評価ではなく、あまりにも詩情の量が多すぎるので、詞には完全に収まりにくいことを言っているのだろうと私は思う。業平は平安初期を代表する歌人と言って間違いない。勅撰入集は八十六首ある。

業平は『伊勢物語』の主人公と言われている。実際に『伊勢物語』の現代語訳を読んでみたが、記述が断片的なので業平という人物の全体像が全くつかめず戸惑ってしまった。ところが、高樹のぶ子著『小説伊勢物語　業平』を読んで得心がいった。『伊勢物語』が適切に整理・配置され、業平の一生をたどる物語として分かりやすく読むことができたのである。しかも、平安王朝の雅が匂い立つような独特の文体が魅力的であり、繰り返し読みたくなるような名著である。『伊勢物語』のなかでは多くの名歌が歌われている。そのなかから二首を選んだ。

ゆく蛍雲の上までいぬべくは秋風吹くと雁に告げこせ

（飛んでゆく蛍よ、雲の上まで行ってしまうのなら、「もう秋風が吹いている、早くおいで」と、雁に告げておくれ）

男に片思いし続けたあげく死んでしまった娘を憐れみ、その魂が戻って来ることを願って男が詠んだ歌である。

世の中に絶えて桜のなかりせば春の心はのどけからまし

（この世の中に全く桜というものが無かったならば、春を過ごす心はのどかであったろうよ）

人口に膾炙《かいしゃ》したこの歌は、桜の魅力を逆説的に詠んだものだが、見方を変えれば恋歌と解釈してもよい。もしこの世にあなたがいなければ、逢瀬の後の別れの辛さを味わうこともなかったであろうよ。日本人の桜を想う心情と、恋人との別れの辛さを重ね合わせたところが見事である。

小倉百人一首

ちはやぶる神代もきかず竜田川からくれなゐに水くくるとは

（さまざまな不思議な事象が起こったという神代の時代にさえ、こんなことは聞いたことがありません。竜田川の川面に紅葉が散りしいて、流れる水を鮮やかな紅の色に染めあげるなどということは）

「水くくる」には「水がくぐる（潜る）」と「水が括り染める」の二通りの解釈がある。定家は「紅葉の下を水が潜ってながれる」と解釈していたが、江戸中期の賀茂真淵が、「紅葉が川を赤く染めているのは、くくり染めのため」と主張し始め、現代では後者の解釈の方が主流だ。

17

藤原敏行（生年不詳〜九〇一）

秋の夜の明くるも知らず鳴く虫はわがごとものや悲しかるらむ

（秋の長夜が明けるのも知らずに鳴きつづける虫、私のように何が悲しくて堪らないのだろうか）

たとえば、ある初秋の夜、そろそろ寝ようと思い読んでいた本を閉じたようなとき、あるいはもうすぐ夜が明ける暁闇の頃ふと目が覚めたようなとき、虫の鳴く声が聞こえてくる。べつに何の理由があるわけでもないのだが、なんとなくもの悲しい気分になる。ときには「人の命なんて儚いものだなあ」とか「人は死んだらどこへ行くのだろう」などと思いを巡らせることにもなる。虫の音というものは、日本人の心の奥底にある無常観や哀れの感情を刺激し共鳴させるものがあるのだろう。日本人の魂ははるか千年を隔てても変わりはしないという一種の感動がある。

敏行は、陸奥出羽按察使の南家富士麿の長男である。業平とは妻どうしが姉妹で、仲が良く二人とも色好みであった。身分も業平と同じようなもので、蔵人頭や右兵衛督（皇居警備の長官）を歴任し、中堅官僚といったところである。歌人としてはあまり有名とは言えないが、少し前の世代の六歌仙の歌人たちよりも技巧性が優れ、繊細かつ清新な歌が多く、和歌的には業平から貫之への橋渡しのような役割をしたと評価されている。勅撰入集は二十九首ある。また、能書家としても名高い。三蹟の一人である小野道風が村上天皇に「我が朝の上手は誰人ぞや」と問われたとき、「空海、敏行」と言上したほど優れていた。

代表作として誰でも知っている次の歌が有名である。

秋きぬと目にはさやかに見えねども風の音にぞおどろかれぬる

（秋が来たと目にははっきりと見えないけれども、風の音にはっとその到来に気づいたのだった）

立秋の日に詠んだ歌であるが、立秋の日から風は吹きまさるというのが当時の文学的な常識だった。視覚と聴覚の対比が鮮やかで、爽やかな一陣の秋風の音が聞き取れる。この歌も、掲出歌と同じように、現代人にも共通する感慨が呼び起こされる。

白露の色はひとつをいかにして秋の木の葉をちぢに染むらむ

（白露の色は一色なのに、どうして秋の木の葉を多彩な色に染めるのだろう）

当時は「露が降りると木の葉が紅葉する」と考えられていた。「一」と「千」の対比により、紅葉の多種な色合い・濃淡が連想され、この理知的な発想はまさに『古今和歌集』的である。私はこういうちょっとユーモアがある歌も好きである。私はこの歌人を「秋歌の名手」と呼んで讃えたい。

恋ひわびてうちぬる中に行きかよふ夢のただぢはうつつならなむ

（恋の思いに苦しんで、ふと落ちた眠りの中であの人に逢えた。夢の中で往き来する道はまっすぐあの人のもとに通じているのだ。現実もそうであったらいいのに）

「ただぢ」は「直路」のことで、目的地までまっすぐ行ける道のことである。逢うことがいかに難しい恋であったかが想像できる。

小倉百人一首

住の江の岸による波よるさへや夢のかよひ路ひとめよくらむ

（住の江の岸に寄る波のようにあなたに会いたいのだが、昼だけでなく夜の夢の中でさえ、あなたは人目を避けるのでしょうか）

18

伊勢（生没年不詳）

春霞たつを見すててゆく雁は花なき里にすみやならへる

（春霞が立つのにそれを見すてて行く雁は、花のない里に住み慣れているのでしょうか）

霞が立つと開花が始まり、霞は花を隠すものと考えられていた。雁は秋に北方からやってきて越冬し、三月頃帰っていく渡り鳥である。古人は、雁の棲む国は海の彼方にある異界だと認識していた。つまり、雁はあの世からやってくる鳥とされていた。作者は、桜を見ようとしない雁を不思議がるとともに、春を知らない雁に静かな哀しみを感じているのだ。もしかしたら、そんな哀しみを背負った雁と自分を重ね合わせているのかもしれない。

伊勢は伊勢守藤原継蔭の娘で、父の任国から伊勢の通称で呼ばれていた。若い頃から宇多天皇皇后温子《おんし》に仕えた。伊勢は美しさと才能を兼ね備えた女性である。藤原基経の次男であり温子の兄である仲平との恋は世間で有名になったが、破局を迎えてしまう。ところがその後、宇多天皇の寵愛を受けることになり、行明親王を生んだが五歳で亡くなってしまった。宇多天皇出家後、今度はなんと宇多天皇の皇子敦慶親王と結ばれ、後に女流歌人になった中務［41番］を生む。このとき伊勢は敦慶《あつよし》親王より十歳以上年長だったという。よほど魅力的な女性だったのだろう。才能も優れており、この時代貫之と並び称される代表的な歌人であった。勅撰入集歌は一八五首にも及び、華やかな恋愛遍歴の中で生み出された秀歌が多い。なお、「伊勢集」は後の女流日記文学の先駆的作品として注目されている。

思ひ川絶えず流るる水の泡のうたかた人に逢はで消えめや

（思い川の絶えず流れる水、そこに浮かぶ泡のようにはかなく、あなたと逢わずして消えるなどということがあるでしょうか）

詞書によると、どこに出かけたとも知らせずにいた頃、付き合いのあった男から「あなたを探しあぐねて、もう死んだかと思いました」と言ってきたのに対し答えた歌である。「思ひ川」は、絶えず涙を流させる恋の思いを川になぞらえたもの。「流るる」は「泣かるる」との掛詞。「うたかた」は泡のことだが、「うたかた（かりそめにも、の意）」との掛詞である。解説を読まないと十分には理解しがたいほど技巧的な歌だ。自分を水の泡、しかも自分が流した思い川に浮かぶ儚い泡に喩えていながら、終わりには自分の思いをきっぱりと言い切る強さは印象的だ。

あひにあひて物思うころのわが袖にやどる月さえぬるる顔なる

（よくもまあ合いにも合って、物思いをしている私の袖は涙に濡れていますが、そこに映る月までもが濡れた顔をしていることよ）

「あいにあいて」は、自分と月がぴったり気持ちを合わせているということである。直接涙と言わず、月の顔から自分の泣き濡れた顔を暗示させるところが奥ゆかしい。

小倉百人一首

難波潟みじかき葦のふしの間も逢はでこの世をすぐしてよとや

（難波潟に茂る葦の、節と節の間ぐらいの短い時間さえも、あなたと逢わないでこの世を過ごしなさい、とおっしゃるのですか）

19

元良親王（八九〇～九四三）

天雲のはるばる見ゆる嶺よりも高くぞ君をおもひそめてし

（天上の雲のようにはるか遠く望んだ峰よりも、いっそう高く、あなたを思い始めたことです）

元良親王は陽成天皇が譲位七年後に生まれた第一皇子である。「一夜めぐりの君」などとあだ名された色好みの風流才子である。「元良親王御集」は全編女性との恋のやり取りの歌で占められており、その冒頭には「美人と聞くと、片端から歌を贈り口説くというまめな皇子」などと書かれている。立場上皇位を望むことも不可能で、父親譲りの奔放な情熱を恋愛沙汰にかける人生を選んだのである。いわば業平が半世紀後に再び現れたようなものだろう。勅撰入集は二十首ある。

掲出の作は、あまりにも素朴で純情な詠いぶりなので、贈られた女性も鑑賞する我々も気恥ずかしくなるほどだが、作者の人となりが分かると見方も変わってくる。もう人生を開き直って、恋愛一筋にかける命なので、人目など全く気にならない貴人なのである。私には、あまりにもおおらかな歌風がむしろ格調高く感じられて好ましい。『万葉集』にも見られないような堂々とした歌である。

『徒然草』第一三二段に、「元日の祝い申しの儀典において、賀詞を奏するお役目を勤めた時のその声が、大極殿からはるか遠くまで朗々と響き渡り見事だった」と書かれている。さぞかし体格もよくいい男ぶりだったのだろう。

「一夜めぐりの君」といわれた元良親王らしく、恋人たちがどんな返事をするかと興味を持って贈った歌がある。

来《く》や来やと待つ夕暮と今はとてかへる朝《あした》といづれまされり

（来るか来るかと待つ夕暮れと、今はもうと言って帰る朝と、どちらの方が辛さはまさるでしょうか）

さあ、どちらでしょうか。二人から返事がきて、一人は夕暮れ、もう一人は朝とに分かれたそうだ。

小倉百人一首

わびぬればいまはたおなじ難波なるみをつくしてもあはむとぞ思ふ

（こんなにも辛いので、今となってはもう身を捨てたのと同じこと。あの難波の澪つくしという言葉のように、私の身が滅んでしまおうとも、今はただあなたにお会いしたいと思っています）

宇多上皇の寵妃である褒子《ほうし》との恋愛が暴露し、人々に噂されるようになってしまい、やけっぱちになって詠んだ歌、と言われている。しかし、この不倫物語は本当のことかどうか疑問を呈する説もあり、私も疑わしいとみている。褒子は藤原時平の娘で、醍醐天皇に入内するはずであったところ、宇多上皇が見そめて自分の妃にしてしまったほどの美人であった。宇多上皇の親王を三人も生んだほど寵愛を受けた。志賀寺の上人で、生涯女性と付き合ったことがない九十歳の老僧にさえも恋狂いさせたほどすばらしい女人であったという。このような褒子がはたして元良親王と浮気するだろうか。元良親王が懲罰を受けたという記録もないし、ゴシップ好きの『大和物語』にも記載がないことから、元良親王の一方的な想いか、ひとり芝居だったのだろうと思われる。

20

素性《そせい》法師 （生没年不詳）

見わたせば柳桜をこきまぜて都ぞ春の錦なりける

（都をはるかに見渡せば、柳の緑と、桜の白と混ぜ込んで、さながら春の錦であった）

あまりにも有名な一首である。錦は秋の紅葉を喩えとするのが普通であったが、柳と桜が織りなす春の景色も錦と言えるだろう、と詠った。春であるのに錦を発見したという気持ちを、「ぞ・ける」の強意で表している。歌風は単純でありながら、全く翳りのない清らかで堂々としたところが良い。すっと心の中に入り込んでくる安心感がある。定家はこの歌を高く評価し、自身これを本歌とする作を多く作った。

庭の面は柳桜をこきまぜむ春の錦の数ならずとも　　藤原定家

たしかに京都にはしだれ柳が多い。私の場合、混み合う桜の季節を避けて早春に訪れることが多いが、ちょうどその時期は柳の芽生えが私たちを迎えてくれる。なぜか私は柳の芽生えの柔らかな、もやもやとした感じに心がくすぐられる質だ。国宝松本城のお堀の脇にも立派なしだれ柳がある。あの一本柳の芽生えの頃になるといつも、垂れ下がっているつぶつぶの宝石に触れてみたくなって心が騒ぐ。

素性法師の俗名は良岑玄利《よしみねはるとし》、遍昭［12番］の子である。左近将監（今の陸上自衛隊の幕僚長に相当）にまで昇進したが、父遍昭に呼ばれ、「法師の子は法師になるぞよき」と言われて無理矢理出家させられた。父みずから剃髪し、素性の名を与えたという。二人とも大和国石上の良因院の住持になった。自発的に出家したわけではないので道心が薄く、俗世と関わり合いながらの隠遁生活をおくっていた。宮廷の恩顧にも浴し、特に、宇田院、醍醐天皇、二条院高子などから寵遇を受けた。素性の歌風は平明で滑稽さを含んだ軽妙さが感じられる。勅撰入集は六十三首ある。『古今和歌集』では素性の春の歌が賞賛されているが、次の秋の二首も良い歌だ。

もみぢ葉の流れてとまる湊にはくれなゐ深き波や立つらむ

（川に散り落ちたもみじ葉が流れて行き着く河口には、深い紅色の波が立つだろうか）

もみぢ葉に道はむもれてあともなしいづくよりかは秋のゆくらむ

（山道はもみじ葉に埋め尽くされ、痕跡もとどめない。いったいどこを通って秋は去って行くのだろう）

小倉百人一首

いま来むと言ひしばかりに長月の有明の月を待ちいでつるかな

(「今すぐに行きましょう」とあなたがおっしゃったので、その言葉を信じて九月の長い夜を待っていましたが、夜明けに出る有明の月が出てきてしまいました)

『古今和歌集』成立以来、恋人が来るのを待って一夜を明かした女の気持ちを詠ったものと解釈されてきた。定家は、それを覆して、何ヶ月も待ってとうとう秋も深まってしまった、という説を打ち出した。今ではどちらの解釈も使われているが、私は前者の方を採った。

21

大江千里（生没年不詳）

照りもせず曇りもはてぬ春の夜のおぼろ月夜にしくものぞなき

（くっきりと輝くこともなく、そうかと言ってすっかり雲に覆われてしまうわけでもない春の夜の朧月夜、これに匹敵する月夜などありはしない）

「不明不暗朧々月」という漢詩を翻訳して和歌として詠んだものである。『源氏物語』の「花宴」で、朧月夜の君が登場する場面が鮮やかに浮かび上がる。谷崎潤一郎訳で一部を抽出してみると、

「二月二十日あまりに、南殿の桜の宴をお催しになります。……夜がたいそう更けてから宴は終わったのでした。……ひっそりしましたところへ、月が明るくさし昇った風情のおもしろさを、源氏の君は酔い心地に見過ごしがたくお思いになって、……やるせなげに忍んで窺い歩きましたが、……。と、たいそう若い美しい声の、並みの物とも覚えぬ人が『朧月夜に似るものぞなき』と口ずさみながらこちらへ来るではありませんか」

この人が敵対する大臣の令嬢である朧月夜の君で、この姫との恋が原因で源氏は須磨に隠遁することになるのである。この朧月夜の君は、男好きのするちょっと遊び人風な感じで魅力的な女人だが、平気で男を二股に掛けたりする小ずるさを持っているので私はあまり好きではない。『新古今和歌集』においては第五句が「しくものぞなき」となっているが、『句題和歌（大江

千里集)』では「めでたかりける」、『源氏物語』では「似るものぞなき」という詞になっている。大江千里は高名な漢学者大江音人《おとんど》の子である。音人は、平城天皇皇子である阿保親王の子なので、行平・業平の異母兄にあたる。つまり、千里は行平・業平の甥ということになる。千里の子孫には大江匡房［66番］や鎌倉幕府の重鎮大江広元がいる。

千里は学才誉れ高かったが、官人としては生涯を通じて不遇だった。しかし、宇多天皇の勅により『句題和歌』を献上する大仕事を成し遂げた。『句題和歌』とは、「白氏文集」などの漢詩の詩句を題として、和歌に移し替えて詠んだものだ。つまり、漢詩と和歌の結びつきを示すような作品集である。千里はこれを完成させるにあたって、重い責任を感じて病気になるほど悩んだと言われている。この『句題和歌』には自身の零落を嘆く歌や、老いを嘆き歳月の速さをかこつ歌が多いのが特徴だ。これらの作品群は単なる風流歌ではなく、敗者からの脱却という悲願を願っているのである。

おほかたの秋来るからに我が身こそ悲しきものと思ひ知りぬれ

(誰の上にも来る秋が来ただけなのに、私の身の上にこそ誰にもまして悲しいことが分かった)

葦鶴のひとりおくれて鳴く声は雲の上まで聞こえつかなむ

(鶴が群れから離れてひとり鳴く声は、雲の上まで届いてほしいものだ。私も官位が遅れているので、その嘆きの声が雲の上の帝まで届いてほしいものだ)

小倉百人一首

月見ればちぢにものこそ悲しけれわが身一つの秋にはあらねど

（秋の月を見上げると、心が千々に乱れて悲しくなるなあ。秋は私ひとりだけにやって来るのではないのに）

22

菅原道真（八四五～九〇三）

道の辺の朽ち木の柳春くればあはれ昔と偲ばれぞする

（道のほとりの朽ちかけた柳の古木も、春がくれば、ああ昔は美しく繁っていたよと、懐かしまれることだ）

左遷されたわが身を枯れた柳の木に喩え、過去の栄華を追想する歌である。大宰府に左遷されたあとの道真には、自然の事物をわが身に喩えて不遇を嘆く歌が多く、『新古今和歌集』にはそのような歌が続けて十数首掲載されている。背景を知らずにこの歌をみたならば、年増の女人が我が身を省みて、「昔はきれいであんなにモテたのに、今の私はもはやこのありさま、ああ……」と嘆いていると解釈する人がいてもおかしくはない。それはさておき、次の有名な二首に較べると、掲出歌はすでにわが身の運命を諦めきった侘しさがより強く表出しており、哀れさが感じられる。

こちふかば匂いおこせよ梅の花あるじなしとて春をわするな

（東風が吹いたら、匂いを配所の私のもとまで寄越してくれ、梅の花よ。主人がいないからといって、春であることを忘れるなよ）

筑紫に配流されるときに、邸宅に咲く梅の花に別れを惜しんで詠ったと言われている。道真

一夜のうちに大宰府に飛来したという、飛梅伝説として伝わっている。道真が詠んだ紅梅は、彼を慕って
は梅の花が大変好きで、その邸宅は紅梅殿と呼ばれていた。

草葉には玉と見えつつわび人の袖の涙の秋の白露

（草の葉に置けば玉と見えながら、失意にうちひしがれた私の袖の上では涙である、秋の白露よ）

菅原道真は先祖代々学者の家に生まれ、学者として最高の地位である文章博士《もんじょうはかせ》となり、当代随一の学者として名実を兼ね備えた人物である。漢学だけではなく和歌も得意で、勅撰入集は三十五首ある。宇多天皇の大いなる信任を得て大抜擢され、順調に昇進し、右大臣となり政治手腕を発揮した。特に、長年の懸案であった遣唐使の廃止を断行したのは大きな業績だ。藤原一門は道真の台頭を快く思っていなかった。しかも、遣唐使に付随する中国交易の利権を牛耳っていた藤原一門は激怒した。道真のライバル藤原時平は、宇多上皇から譲位された若い醍醐天皇を抱き込んで、謀略をもって道真を大宰府に追放した。左遷の知らせを受けた宇多上皇は驚いて内裏に駆けつけたが、門の中に入ることができなかったという。配流された筑紫では無聊《ぶりょう》の生活をかこつ日々を過ごし、二年後に没した。

道真は死後、怨霊として人々に恐れられた。というのは、宿敵の時平が三十九歳で急死、道真追放に加担した公家たちが次々と不慮の死を遂げたからである。また、大火、干ばつ、疫病と災厄も続き、とりわけ、朝議中の清涼殿に落雷し大納言藤原清貫が即死、天皇も発病し三ヶ月後に崩御した事件は、祟りと恐れられた。鎮魂のために太政大臣が追贈され、北野天満宮を

建立。以来、天神様として崇められ、学問の神様として慕われるようになった、ということである。

数年前の三月の京都旅行の際、鷹峯からの帰りに北野天満宮を訪れた。飛梅伝説と同じ種として伝わる御神木「紅和魂梅」が御本殿前に植えられていて、その鮮やかな紅梅の色がいまだに目の奥に焼き付いている。門前にある有名な豆腐店で食べた湯葉丼も忘れられない。

小倉百人一首

このたびは幣《ぬさ》もとりあえず手向山紅葉の錦神のまにまに

(今回の旅は、道中の安全を願って神に捧げる御幣も用意できず来てしまいました。この手向山で幣のかわりに美しい紅葉を捧げますので、どうかお心のままにお受け取りください)

23

藤原定方（八七三〜九三二）

をみなへし折る手にかかる白露はむかしの今日にあらぬ涙か

（女郎花を手折ると白露が手にかかる。これは親王がご存命であった昔が、もう今日のことではないという嘆く涙であろうか）

宇多院皇子敦慶親王（醍醐天皇の弟）は、藤原定方の姉胤子《たねこ》が生んだ皇子、つまり定方の甥にあたる。敦慶親王といえば、あの伊勢を寵愛した皇子である。文化を愛する聡明な皇子だった敦慶親王は、定方や藤原兼輔［25番］などの風流人士を集め、文化サロンを形成していた。定方たちは、皇子が亡くなった後も御所がさびれぬように上達部を引き連れて様々な会を催していた。そのとき、女郎花が好きだった敦慶親王を思い出して、花を頭にかざして詠んだのが掲出歌である。手折った花から落ちた露を涙に喩えた歌だ。「むかしの今日にあらぬ」という言葉がちょっと微妙で、意味が分かりづらいが、何度も口ずさんでいるうちに、「今はもういらっしゃらないのだと嘆く」意味だなと、すっと心の中に馴染んでくる。

なお、女郎花は山上憶良の歌でも有名なように秋の七草の一つで、古代はずいぶん愛された草だ。この花が独特の臭気を放つことを知らなかった私は、家の中に飾ったとき、この悪臭の原因は何かと一日中探し回ったことがあった。

藤原定方は内大臣藤原高藤の次男である。姉の胤子は宇多天皇の女御で醍醐天皇を生んだ。

息子の朝忠も著明な歌人［39番］である。藤原兼輔はいとこで娘婿でもあり、特に親交が深かった。定方は宇多天皇の義理の弟、醍醐天皇の祖父という有利な立場となり、右大臣まで昇進した。普通の人なら権勢をかさにきて勢力を伸ばすところだが、定方は政治には関心を示さず、風流を愛する温和な人物であった。実際、定方は兼輔とともに醍醐朝の和歌サロンの後援者的な存在となり、紀貫之や凡河内躬恒《おおしこうちのみつね》などの作歌活動を支えた。勅撰入集は十七首ある。

なお、家系図を詳しく見てみると、定方の娘と兼輔の息子が結婚してできた子が宣孝で、紫式部の父なのである。つまり、紫式部は定方と兼輔の曾孫にあたり、紫式部にはこの二人の血が八分の一ずつ入っていることになる。平安時代の貴族の世界は思ったより狭いのである。この当時、平安京の人口は約十万人で、官位一～五位までの貴族が二百人前後、家族を入れると約一千人で全体の人口の約一パーセントであった。官位一～三位の高級貴族は多くても三十人ぐらいなのだ。この貴族同士で結婚し合うわけであるから、三世代前に遡ると、重なり合うのは当然なのである。

しかし、この定方よりも、『今昔物語』が伝える父高藤のロマンスの方が面白い。高藤が若い頃山科に鷹狩りに出かけ、身分の低いある豪族の館で雨宿りした。そのときその邸の娘と一夜をともにした。高藤はその娘のことがずっと忘れられず、六年後訪ねてみると、彼女の傍には自分に似た美しい女の子がいた。純情な彼は母子を邸へ引き取り妻とし、生涯仲良く連れ添い、定方が生まれた。その「雨宿りの姫」胤子が成長すると、源定省《さだみ》という官士と結婚し男の子をもうけた。定省は光孝天皇皇子だが臣籍に降下していたのである。ところが、光孝天皇が崩御すると、いろいろあって、定省は再び皇族に復帰し、宇田天皇になったのである。しかも、宇田天皇と胤子の間に生まれた男の子は醍醐天皇になる。高藤・定方親子の立身出世はこのような幸運な巡り合わせが原因なのであった。人生何が起きるか分からない、という典型的な例である。

小倉百人一首

名にしおはば逢坂山のさねかづら人に知られでくるよしもがな

（逢って寝るという名を持っている逢坂山のさねかずらならば、その名の通り、葛のつるが伸びていくように、誰にも知られず逢いに行くことができたらいいのになあ）

24

藤原忠平（貞信公）（八八〇～九四九）

隠れにし月は廻りて出でくれど影にも人は見えずぞありける

（妻が亡くなった去年のほぼ同じ月が廻ってきた。隠れていた月もその姿を現したが、亡き人は月の光に面影さえ見ることができない）

「隠れにし」は月と妻の両方に掛かっている。四月四日に亡くなった北の方の一周忌の法事を準備しながら、美しい月夜の晩に縁側へ出てしみじみと妻の思い出に浸っている。

忠平は、かの権力者基経の四男。道真を謀略で貶めた時平と、伊勢との恋で有名な仲平の弟である。時平の死後、氏の長者となり、関白太政大臣として朝廷に君臨した。自分の子実頼と師輔をそれぞれ左大臣、右大臣に据え、藤原氏全盛の基を築いた。しかし、忠平は父基経や兄時平とは性格が異なり、温厚で誠実で人望があったという。菅原道真は忠平の兄時平の謀略で左遷されたのだが、忠平はその道真とも親交があったという。調べてみると、亡くなった忠平の妻は宇多院の皇女順子であるが、その母は道真の娘であった。つまり、忠平は道真の孫を妻としていたことになる。このような関係から、道真とは生涯音信を交わしていたのだろう。兄時平の急死は道真の祟りと言われているが、このとき忠平は挽歌を詠んでいる。

春の夜の夢のうちにも思ひきや君なき宿をゆきて見むとは

（はかなく短いという春の夢の中でさえ、思っただろうか。あなたの居ないこの邸に来てみようとは）

まさか、権勢を誇った策略家の時平が三十九歳の若さで急に死ぬとは夢にも思っていなかったであろう。多くの人々から恨みや反感を抱かれていた時平に、心から哀悼の意を表したのは、温厚な弟忠平だけであったかもしれない。

忠平は七十一歳で没したが、貞信公は亡くなってからの贈り名である。勅撰入集は十三首ある。『大鏡』に面白い逸話が載っている。忠平が紫宸殿の玉座の後ろを通るとき、妙な気配がして、太刀の鞘の先をつかむ者がいるので探ってみると、爪が長く毛むくじゃらの刀の刃のような鬼の手だった。「天皇の命令で政務に向かう私を妨げるとはなに者だ」といって太刀を抜くと、鬼はうろたえて逃げてしまった。温厚さの反面、肝の据わった人物であったようだ。

小倉百人一首

小倉山峰のもみぢ葉こころあらば今ひとたびのみゆき待たなむ

（小倉山の峰のもみじ葉よ。お前にもし心があるならば、帝の行幸のときまで、どうか色あせずに今の美しさを保って待っていておくれ）

定家がこの歌を百人一首に選んだのは、小倉山に自身の山荘を持っていたので、小倉山を讃える歌が欲しかったからではないか、と推測されている。

25

藤原兼輔（八七七〜九三三）

人の親の心は闇にあらねども子を思う道にまどひぬるかな

（子を持つ親の心は闇というわけでもないが、子どものことになると道に迷ったように、どうすればよいか分からず混乱してしまうものですな）

多くの人に愛誦され、多くのジャンルで引用された有名な一首である。「心の闇」といえば、親心を意味するほど広く人々に親しまれ共感を得られた。歌そのものは単純で、技巧の欠片もないが、親の心をこれほど見事に表現した歌はないだろう。自分自身を振り返ってみて、「いやいや、私はそんな親馬鹿ではない」と言い切れる自信のある人はいるだろうか。逆に、子どもの方が親を思う道にまどひぬる例を私は知らない。これもまた真理というべきであろうか。

詞書によると、藤原忠平が左大臣であった時、宮廷で行われた相撲の節会の後の宴会に兼輔が招かれ、子どもの話題になった際詠んだ歌である。兼輔が娘を醍醐天皇の女御に入れていたので、娘が帝に思し召されるかどうかが心配だったのである。この歌は天皇の御心を深く動かしたようで、やがて章明親王が誕生することとなった。なお、相撲は奈良時代から始まり、平安朝では盛んに行われていたらしい。相撲の後の宴会は還饗《かへりあるじ》といって、勝った方の大将が自邸で味方に対し催す饗宴のことである。

藤原兼輔は右大将利基の子で、中納言兼右衛門尉まで累進した。藤原定方は従兄で、しかも定方の娘と結婚したので、定方と兼輔は親交が深く贈答歌が多かった。二人とも醍醐天皇の宮廷歌壇を支援し、紀貫之や凡河内躬恒などの歌人の後援者的存在であった。藤岡忠美は『平安和歌史論』で、定方・兼輔グループは、政治的権威の確立を目指す藤原一門の中では、浪漫的な色彩を帯びた一つの異例な小世界を形成していた、と指摘している。つまり、政治的な権力闘争は基経、時平、忠平などに任せておいて、自分たちは勝ち負けなど関係のない文化的生活を満喫した、ということであろう。そんな平和的でのんびりした雰囲気の歌がある。

冬の夜の涙にこほるわが袖の心とけずも見ゆる君かな

（冬の夜、涙でこおりついた私の袖のように、心もうちとけずに見えるあなたよ）

23番藤原定方の項でも述べたように、兼輔と定方は紫式部の曾祖父にあたる。紫式部は曾祖父のことをかなり意識していたらしく、『源氏物語』の設定を兼輔が活躍した時代にしているほどだ。また、『源氏物語』の中で、親心を表す「心の闇」という言葉を二十六回も引用している。紫式部が少女時代を過ごし、『源氏物語』を執筆した場所は、もとの兼輔邸であり、現在の廬山寺の場所にあたる。

小倉百人一首

みかの原わきて流るるいづみ川いつみきとてか恋しかるらむ

（みかの原に湧き出た水が流れて注ぐ泉川、そのいつみ川という言葉のように私はあの人をいつ見たというのであろうか。見たことなどないのに、どうしてこんなに恋しいのだろうか）

小倉百人一首の中で最も解釈が難しく、なんだかよく分からない歌である。恋しい人が、「一度も会ったことがない人」なのか、「会ったことはあるが、会えなくて恋しい人」なのかが分からないからだが、前者の方がしっくりくる。会ったことのない人を恋しく思うことなど本当にあるだろうか、と不思議に思っていたが、最近、自分の思春期のことをふと思い出して得心がいった。私の真の想い人は、どこか遠い山奥の一軒家に住むかわいい少女だと夢想していた。その人のことを考えるとなんだか胸がせつなくなっていたのである。兼輔のこの歌は、私を忘却の彼方にあった遠い遠い思い出へと、そっと連れて行ってくれた。

26

源宗于《むねゆき》（生年不詳～九三九）

つれもなくなりゆく人の言の葉ぞ秋より先の紅葉《もみぢ》なりける

（私につれなくなってゆくあの人の言葉こそが、秋より先に色変わりする紅葉のようなものだ）

「言の葉」は手紙などの文言や歌のことである。和歌では草木の「葉」に掛けられることが多い。また、「秋」は「飽き」に掛かっている。「あなたの手紙の言葉は、葉というだけあって、紅葉さながらあなたの心も移り変わってしまうのですね。でもまだ、秋が来るには早すぎるのに」、と恋人の変心とつれなさを恨む歌である。秋でもないのに言の葉の色が変わる、という発想が面白く感じられる。一見単純な歌のようで、結構技巧的だ。

宗于は光孝天皇の孫で、是忠親王の子である。臣籍に下って源姓を賜った。諸国の国守を歴任し、右京大夫まではなったが、皇族出身としては不遇な身であったと言えよう。紀貫之とは心のこもった贈答歌が残っており、親交があったようだ。勅撰入集は十六首ある。一般的に歌人としてはあまり知られていないが、『大和物語』にたびたび登場し、身分の不遇をかこつ逸話が多い。たとえば、叔父に当たる宇多天皇が海松《みるめ》という海草を題として皆に歌を詠ませたときの歌、

沖つ風ふけゐの浦に立つ浪のなごりにさへや我は沈まむ

（沖つ風の吹く吹飯の浦に、波が立ち退いてゆく。そのなごりの浅い水にさえ私は沈んでしまうだろう）

このように、自分が低い官位のまま立身出世できずに苦しんでいることを、自分の叔父にあたる宇多天皇に直接訴えている。それに対し天皇は「さて、何のことだろうか。この歌の意味が分からない」と側近にお話しになったということだ。しかし、宗于が元皇族だからといって、この行為はいただけない。官位を決めるのはあくまで太政官であって、天皇は人事には直接介入することはなく、親任するだけなのだ。この時代でも、天皇はあくまでも最高権威であって、直接権力を振るうことはないのである。天皇に直接訴えても無駄なことは当然だ。だから宇多天皇は「何のことかな？」と知って知らぬふりをしたのだろう。

出世できずに悶々としていたというイメージが付きまとう宗于だが、次のような恋の歌も残っているので、鬱屈した人生だけではなかったと推測される。

よそながら思ひしよりも夏の夜の見はてぬ夢ぞはかなかりける

（逢わずに想っていたときよりも、夏の夜の見果てぬ夢のような短い逢瀬の方が儚かったよ）

また、子どもにも苦労したようで、三男は博打に身を持ち崩して一族から見放され、他国に流浪していた、などという逸話も残っている。人生いろいろの宗于であった。

小倉百人一首

山里は冬ぞさびしさまさりける人目も草もかれぬと思へば

（山里は、冬にこそ寂しさがまさっている。行き交う人も絶え、花木も草も枯れ果ててしまうのだから）

一見、冬の山里の寂しさを淡々と詠っているようだが、この歌もまた、わが身の沈淪《ちんりん》を嘆いていると考えて良いだろう。

27

凡河内躬恒《おおしこうちみつね》（生没年不詳）

風吹けば落つるもみぢ葉水清み散らぬ影さへ底に見えつつ

（風が吹くと落ちる紅葉は水面に浮かんで見え、水が澄んでいるので、まだ散らずに残っている葉の姿までもが底に映りながら）

秋風が吹くと清い沼に紅葉がぱらぱらと落ちてくる。これだけでも儚く美しいのに、水面に漂う紅葉と少し様子が異なる紅葉が混じっている。よく見てみると、水があまりに澄んでいるので、まだ散らずに残っている枝の紅葉が水底に映っていたのだった。落ちた紅葉が水面に、落ちていない紅葉が水底に映るという、立体的で、しかも現実とは上下が転倒した光景である。この幻想的な風景の中で、見ている作者自身もその沼に溶け込まれてしまったのではないだろうか。なお、当時は、水面ばかりでなく水底にまで物が映って見えると考えられていた。

凡河内躬恒の生没年も父・祖父の名前も分かっていない。地方官を歴任し身分は低かったが、極めて優れた歌人で、『古今和歌集』の選者のひとりに選ばれる名誉を得た。和歌の名声と身分の低さの落差が大きく、不遇さが痛感させられる。『古今和歌集』には紀貫之の九十九首に次ぐ六十首を入首、貫之と並び称された。一般的には貫之の方が高く評価されているが、後の有名な歌人藤原俊頼、俊恵親子のように、躬恒を「より高し」と見る人もいた。たとえば、俊恵は「詠みぶりは対象に深く思い入って、詠むという点では比類のない歌人だ」と評している。

躬恒の歌風は貫之と違い、軽妙さと機智を特徴としており、持ち味が違う双璧の名手と言って良いだろう。勅撰入集は二一四首にも及ぶ。この人の歌の中で私の好きな歌を数えれば十首を下らない。その中から二首を選ぶと、

手もふれで惜しむかひなく藤の花そこにうつれば波ぞ折りけり

（手も触れずに散るのを惜しんだ甲斐もなく、藤の花は水に映ると波が折ってしまった）

水に映った藤の花が波にかき消される様を、波に折られたと表現した。いかにも『古今和歌集』らしい機智に富んだ歌である。

春の夜の闇はあやなし梅の花色こそ見えね香やは隠るる

（春の夜の闇は無駄なことをする。梅の花はたしかに色は見えないけれど、香は隠れることがあるだろうか）

霞が桜花を隠すように、春の闇が梅の花を隠すという型である。梅の花を見せまいと隠してもどうせ在処はすぐに分かってしまうのだと、春の闇を責めているようで、実は梅の花の香りを賞賛しているのである。

小倉百人一首

心あてに折らばや折らむ初霜のおきまどわせる白菊の花

（初霜が降って一面真っ白で、白菊と霜の見分けがつかなくなっています。あてずっぽうでもいいから、もし折るというなら、その白菊を折ってしまいましょうか）

正岡子規はこの歌を「一文半文の値打ちなし。ささいなことをやたら仰山に述べた無趣味な歌。仰山的な嘘が和歌腐敗の原因」などと罵倒した。世間もその考えに流されて、躬恒の歌が一時顧みられなくなったことがある。これを知ったとき、私はとんでもないことだと思った。誇張法こそが歌の神髄であるし、古今時代の軽い感覚の機智には、王朝人の風流と雅が感じられるからである。しかし冷静に考えてみれば、子規は明治初期の和歌の世界があまりにも古典に縛られすぎて偏狭化してしまったので、わざと辛口に批評をしてみせて現状のマンネリ化を打開しようとしたのかもしれない。実際にそのすぐ後、古典に縛られない自由な歌風の与謝野晶子が現れたのであった。

28

壬生忠岑《みぶのただみね》（生没年不詳）

風吹けば峰にわかるる白雲の絶えてつれなき君が心か

（風に吹きやられた白雲が峰から離れてゆくように、あなたの心も私から離れてしまった。ほんとうに無情なあなたよ）

美しく凜然とした歌である。失恋の歌でこれほど気品のある歌は珍しいと思う。過剰な嘆きや恨みなどが表出しておらず、嫌みなところが全くないところが良い。後に数多い本歌取りのもととなった。たとえば、

春の夜の夢の浮橋とだえして峰にわかるる横雲の空　　藤原定家

（春の夜の、浮橋のように頼りない夢が途切れて、空を見遣れば、横に棚引く雲が峰から分かれてゆく）

忠岑の詳しい事跡は分かっていないが、身分の低い武官の出身である。生涯微官に終わったようだ。藤原定国（藤原定方の兄）の随身をしていたことが分かっている。子は忠見［36番］で、父と同様に有名な歌人である。忠岑は『古今和歌集』の選者四人の一人に選出されるほど歌人としては名を得た。『古今和歌集』のそのほかの選者は、紀友則、紀貫之、凡河内躬恒である。即興の作歌に優れていたとか、『古今和歌集』の長歌にわが身の悲嘆を詠っているなどの逸話が

あるほか、特に興味深い話は残っていない。勅撰入集は八十四首あり、理智的な歌が多く残されている。

夢よりもはかなきものは夏の夜の暁がたの別れなりけり

（夢での逢瀬も儚いけれど、もっと儚く辛いもの、それは夏の短い夜が明けようとする頃の、恋人との別れであったよ）

わが玉を君が心に入れかえて思ふとだにも知らせてしがな

（私の魂をあなたの心に入れ替えて、恋しく思っていることだけでも知らせたい）

小倉百人一首

有明のつれなく見えし別れより暁ばかり憂きものはなし

（あなたと別れたあの時も、有明の月が残っていましたが、あなたと別れてからというもの、今でも有明の月がかかる夜明けほど辛いものはありません）

この歌の解釈はいまだに分かれている。「別れ」が、逢いに行ったのに断られて逢えなかったのか、あるいは、逢瀬のあとの後ろ髪を引かれるような別れであったのかがはっきりしないからだ。『古今和歌集』が成立した当時は歌の配列などの理由から、前者の解釈がなされていたが、定家が後者の説を打ち出し、現在では両者五分五分で、読者の判断に任されているといったところである。私には定家説のほうがしっくりくる。この歌は、定家や藤原家隆が『古今和歌集』第一の秀歌と認定しているほど評価が高く、後鳥羽院もそれに賛同している。定家は「これほどの歌を一つでも詠めたら、この世に思い残すことはない」とまで言っているが、これは少々過大評価なのではないかと私は疑っている。

29

坂上是則（生没年不詳）

霧深き秋の野中の忘れ水絶えまがちなる頃にもあるかな

（霧が深く立ちこめた秋の野を流れる忘れ水のように、あなたとの仲も途絶えがちなこの頃であるよ）

詞書に「逢ひてのち逢ひがたき女に」とあり、一度逢って親しくなった後、何らかの障害があって逢いにくくなった女性に贈った歌である。恋人との仲が絶え間がちになった境遇を、忘れ水に喩えて詠っている。この「忘れ水」が本歌の重要なポイントになっている。「忘れ水」とは、人にその存在も忘れられた、とぎれとぎれに流れている水のこと。あまり聞き慣れない言葉だが、後の『新古今和歌集』第六二八番に康資王母《やすすけおうのはは》（伊勢大輔の娘）が

東路の道の冬草茂り合いて跡だに見えぬ忘れ水かな　康資王母

（常陸国の方では道のほとりの冬枯れた草が茂り合い、人が訪れた跡さえ見えない野の中に忘れ水がひっそり流れていいます）

と詠んでいる。この歌では「忘れ水」が都人に忘れられている自分を暗喩している。

坂上是則は、坂上田村麻呂の五代目の子孫である。田村麻呂は、平安初期に蝦夷討伐で活躍した征夷大将軍として有名である。是則は武門の家に生まれたが、文官畑の下級官士として仕

え、最後は加賀の地方長官に累進した。貫之や躬恒と並ぶ『古今和歌集』時代の代表的歌人で、勅撰入集は四十三首ある。また、是則は蹴鞠の名手としても有名だ。御所で催された蹴鞠の会では二〇六回連続で一つも落とさなかったのを、醍醐天皇が感激して、その褒美として立派な絹を御下賜になったという。

心に感じるまま自然に流れ出たような平明な歌が多いが、かえってその方が風雅さを醸しだしているようだ。人柄までは伝わっていないが、歌風のイメージからすると、あくが強くない温厚な人だったような気がする。

小倉百人一首

朝ぼらけ有明の月と見るまでに吉野の里に降れる白雪

（夜が明ける頃あたりを見てみると、まるで有明の月が照らしているのかと思うほどに、吉野の里には白雪が降り積もっているではないか）

従来、名歌であることに異論はないが、雪の降る様子に関して解釈が分かれている。薄く積もる程度の雪と解釈する人、初雪だったと想像する人、いや雪の浅い深いは関係ないと主張する人、と様々である。有明の月ほどの微かな明るさからすれば、薄く積もった初雪とするのが妥当であろう。「吉野の雪」のテーマでは、是則の有名な歌がもう一つある。

み吉野の山の白雪つもるらし古里さむくなりまさるなり

（吉野の山に白雪が日に日に積もっているらしい。この奈良の古都では一段と寒さがつのっている）

「ふるさと」には、荒れた里、古い由緒ある里、昔なじみの土地、の三つの意味があるが、この場合は古い由緒ある里を指す。

30

紀友則（生没年不詳）

小倉百人一首

ひさかたの光のどけき春の日にしづ心なく花のちるらむ

（日の光が柔らかに降り注ぐ、このおだやかな春の日に、落ち着いた心もなく、どうして桜の花は散っていくのだろう）

本著ではじめて、小倉百人一首掲載歌を選んだ。このゆったりとした、おおらかな美しい調べはどうだろう。小倉百人一首の中で、私が好きなベスト三に入る歌だ。「ひさかた」は、本来天《あま》に掛かる枕詞であるが、日・雨・月・都などの枕詞として使われることが多く、光の枕詞としてはこの歌がおそらく初例である。散る桜花に持つ日本人の感性は、ほかの民族にない独特のものだろう。美しいばかりではなく、どこか儚い無常観を感じるし、人によっては散り際の潔さを思うかもしれない。何よりも「しづ心なく」がこの歌の要であり、一抹の哀愁を醸し出している。そして、ハ行音の繰り返しが柔らかく心地よい響きになっている。

桜を愛でる日本人の心情そのものは、はるか千年以上前から全く変わらない。令和時代の我々が桜の開花を喜び、散る桜に心を奪われる感情と、千年以上前の桜の季節に人々が心に浮かぶ思いが同じなのである。日本人の心の奥底に連綿として流れる美意識には、感嘆せざるを得ない。

友則は紀貫之の従兄で、貫之より二十歳ぐらい年上である。享年は五十過ぎであったらしい。貫之の絢爛たる才気とは対照的に、地味な人格で内面性の深い表現に優れた人であった。『古今和歌集』選者四人の一人である。勅撰入集は七十首ある。官位は低いどころか、四十歳半ばまで無官で過ごした。時の権力者・藤原時平にそのことを嘆いたところ、

いままでになどかは花の咲かずして四十《よそ》とせまでに年切りのする　藤原時平

（今までどうして花が咲かずに四十年余りも実を結ばなかったのか）

と時平から歌が贈られた。それに対する友則の返歌

はるばるの数はまどはずありながら花咲かぬ木をなにに植ゑけん

（毎年春は忘れずにやって来るのに、私のような花の咲かない木をどうして植えたのでしょう）

時平の力が働いたのかどうか、晩年には大内記（詔勅の起草に当たる要職）に任官した。『古今和歌集』編纂は九〇五年に始まり、宮中で行われたが、卑官の身で内裏に上がることのなかった友則はどんなにか晴れがましい気分だっただろう。しかし、残念なことに、『古今和歌集』の完成を見ずに亡くなってしまった。その悔しい最期にも「しづ心なく花の散る」に似た哀れさが感じられる。

夜や暗き道やまどへるほととぎすわが宿をしも過ぎがてに鳴く

（夜の闇が暗いのか、それとも道に迷ったからなのか、ほととぎすがちょうどわが家のあたりを通り過ぎにくそうに鳴いている）

ほととぎすの声を聞いている自身もまた、恋に悩み憂いを抱えているから、ほととぎすに共感しそのように聞こえるのだ。

友則が亡くなったとき、紀貫之と壬生忠岑が哀傷歌を詠っている。

明日知らぬわが身と思へど暮れぬ間の今日は人こそかなしかりけれ　紀貫之

（私だって明日の運命が分からないことは承知しているが、今日という間は彼のことが悲しくてどうしようもないのだ）

時しもあれ秋やは人の別るべきあるを見るだに恋しきものを　壬生忠岑

（季節もいろいろあるのに、よりによって秋に人が別れを告げていいのだろうか。生きて元気のある友達を見ていたって心細くなるというのに）

31

藤原興風《おきかぜ》（生没年不詳）

春霞色のちぐさに見えつるはたなびく山の花のかげかも

（山にたなびいている春霞の色が様々に見えるのは、その山に咲く花々の色が反映しているのだろうか）

春霞が様々な色に見えるのかどうか、私には分からないが、現代人よりも感受性の強い古人には、微妙な色合いの違いが認識できていたのだろう。霞の色目の違いが、山の花々の色の違いによって生じているという不思議な想像力が働いている。ただの詞の遊びではなく、作者は本当にそう感じ取ったのだと思う。こういう意外な発想の歌に出合うと、私は嬉しくなる。

興風の詳しい伝記は分かっていない。官位は高くなく、関東の国々の権大掾《ごんのたいじょう》を歴任した。これは地方官のことで、徴税の責任者のような立場である。興風は貫之と同時代の人で、『古今和歌集』を代表する歌人であった。勅撰入集は四十二首ある。また、管弦特に琴の名人で、宇多院の弾琴の師匠でもあった。現代では、歌人としては目立った存在ではなく、それほど人気もない。小倉百人一首の歌も地味な感じで、どうも爺くさい印象を与える。しかし、若いときは恋の歌が多く、恋する人の心の底を鋭く詠っている。考えてみれば興風という風流な名前からすると、この人はただものではない予感がする。

逢ひ見てもかひなかりけりうば玉のはかなき夢におとるうつつは

（逢えたところで甲斐もなかったなあ。儚い夢にも劣る、現実での逢瀬は）

夢も現実も儚いものだが、それでも逢わずにいられない心の揺らめきが感じられる。業平にもこれに似ている歌があるが、興風の歌の方が味わい深い。

寝ぬる夜の夢をはかなみまどろめばいやはかなにもなりまさるかな　　在原業平

（共寝をした夜の夢のような時が儚いものだったので、うとうとしていると、いよいよ儚いものになってゆくのだった）

死ぬる命生きもやするとこころみに玉の緒ばかり逢はむと言はなむ

（この死んだも同然の命がもしかしたら生き返るかもしれないと、ためしに僅かの間だけでも逢おうと言ってください）

ドキッとするほどの烈しい思いが感じられる。刃を陽にきらめかせたような鋭い表出は、やはり興風はただものではなかった。なお、ここでの「玉の緒」は短い物の喩えである。

小倉百人一首

誰をかもしる人にせむ高砂の松も昔の友ならなくに

（友達は次々と亡くなってしまったが、これから誰を友とすればいいのだろう。昔馴染みのある高砂の松でさえ、昔からの友ではないのだから）

おおかたは、老いの孤独を嘆いた歌とされている。ちょっとユーモアを含んだ感じがあるので、嘆きの歌ではなく、自身の老いを寿ぐ歌ではないかと解釈する人もいる。

32

紀貫之（生没年不詳）

さくら花散りぬる風のなごりには水なき空に波ぞ立ちける

（桜花が散ってしまった風のなごりとしては、水のない空になんと波が立っているのだった）

この歌に出合った瞬間、胸に何か一撃を食らったような衝撃を受け、背筋がざわざわと鳴った。和歌にこれほど感動したことは初めてである。散って風に舞う桜の花びらを、空に立つ波に見立てているのだ。理知的で耽美を極めた一首ではないかと思う。「風のなごり」とは風が過ぎ去った後の余情、余韻ということだろうが、余波《なごり》とも書くように、風が静まった後もしばらく波が静まらないことも意味する。桜が舞い散ってしまったむなしい空に、波頭の白さに相通じる花の白い波という幻影が、貫之にはいつまでも見えたのだろうか。窪田空穂《うつぼ》は、この歌を「美しく大きな光景」と評している。

貫之の名歌は数多い。その中で、私は特に水底の景を詠った作が好きである。水底透視詠法で詠われた梅、桜、紅葉、山吹、篝火《かがりび》などの歌は貫之が最高峰だと思う。私はこの人をひそかに「水底の魔術師」と呼んでいる。

土佐からの岐路、一月十七日暁月夜に出航したとき、海に月の光が映じて、天と海が同じようになった光景を見て、

影見れば波の底なるひさかたの空漕ぎわたるわれぞわびしき

（海に反映する月の光を見れば、私は波の底にある空を漕ぎ渡っているのだ。その私という存在のなんと頼りなくもの悲しいことよ）

天地宇宙のなかにおいて、私という人間の弱小な存在を自覚した歌である。貫之であればこその類のない幻想的な世界だ。

次の歌は水底ではないが、手に掬《きく》する水に月が映っているのを詠んだ辞世の作である。

手に結ぶ水に宿れる月影のあるかなきかの世にこそありけれ

（手に掬する水に映っている月の光のように、あるかないかの、定かでない儚い人生であったよ）

紀貫之は土佐守、周防の国司、木工権頭などを歴任し、生涯官職には恵まれず、七十四歳頃没した。貫之は平安時代を代表する大歌人で、勅撰入集は四七五首と随一である。また、わが国最初の仮名文日記『土佐日記』の著者でもある。貫之は『古今和歌集』選定の中心的人物で、有名な仮名序を書いた。これは和歌の本質や作法を明示したもので、和歌の枠組みを作り上げたという点で高く評価されるべきものだ。その冒頭部分を現代語訳で記す。

「和歌は、人の心を種として、多くのことばとなったものである。この世に生きる人は、関わり合う事柄がまことに多いので、心に思うことを、見るものや聞くものに託して歌にするのである。花に鳴く鶯や、水に住む蛙の声を聞くと、すべて生あるものは、どれが歌を詠まないなどということがあろうか。力をも入れずに、天地を動かし、目に見えない霊に感じ入らせ、男女の仲をもうち解けさせ、荒々しい武士の心をもなぐさめるのは、歌である」
また、仮名序の中で「近い時代でその名前が知られている人」として、あの有名な「六歌仙」を選び批評しているが、面白いことに、全然褒め言葉になっておらず、けんかを売っているとしか思えない書きぶりなのだ。たとえば、
遍昭――歌の姿は備わっているが、真実味に乏しい。
業平――歌に詠みたい思いが溢れすぎていて、ことばの方が及ばない。
文屋康秀――ことばの用い方は上手ではあるが、その歌の姿が歌の中身と釣り合わない。
喜撰――ことばがはっきりせず、一首の初めと終わりが明瞭ではない。
小町――しみじみと身に沁みるような歌であるが、強くはない。
大伴黒主――その歌の姿がいやしい。
このように、すべてが上から目線で、歌人としての強烈なプライドが表れている。

小倉百人一首

人はいさ心も知らずふるさとは花ぞ昔の香に匂ひける

（あなたの心は昔のままであるかどうか分かりません。しかし馴染み深いこの里では、梅の花は昔のままの香りで咲いているのですね）

33

清原深養父《ふかやぶ》（生没年不詳）

幾夜経てのちか忘れむ散りぬべき野辺の秋萩みがく月夜を

（何年経ってのち忘れるのだろうか。いずれは散ってしまうはずの野辺の秋萩を、月光によって磨きあげるように見せるこの月夜を）

「秋萩みがく月夜」という表現に強く魅せられる。また、「散りぬべき」という詞や、上句と下句の逆順などにも意外性があって、面白い工夫だ。冴え冴えと澄み渡る秋の月の光の下で、夜にもかかわらず照り輝くような美しい白萩の風景を、実際に見てみたいものである。自分の家の庭にも萩が欲しいと思ったが、狭苦しいわが庭には全然似合わないので諦めるほかはない。そのかわり「小萩」という品種の盆栽で我慢しているが、萩の葉に朝露が降りて、白露が陽にきらめいているのを見るのは嬉しいものだ。昔は萩の花に一番人気があり、たとえば『万葉集』で詠われている花で最も多いのが萩で一四一首、梅が一〇八首、橘が六十八首である。

なお、後の式子内親王［83番］が「みがく月」の詞を使って、新嘗祭《にいなめさい》の五節の舞姫が踊る様子を詠んでいる。この歌では月光が少女の袖をみがいている。

天つ風氷を渡る冬の夜の乙女の袖をみがく月影　　式子内親王

（天の風が凍った水面を吹き渡る冬の夜にあって、舞姫の袖に月光が光彩を添えている）

清原深養父は「ふかし」さんという人の養父かと思ったが、そうではなく、「ふかやぶ」さんであった。清原元輔の祖父で、清少納言の曾祖父にあたる。位は高くなく、中級役人というところであった。人を笑わせるのが好きだったという逸話がいくつか残されていることから、元輔や清少納言のユーモラスな才知は深養父の遺伝であったかもしれない。勅撰入集は四十二首あり、優れた歌人であった。笛と琴の名手でもあり、深養父の琴を賞賛した紀貫之の歌が残っている。

あしびきの山下水は行き通ひ琴のねにさへ流るべらなり　　紀貫之

（山の麓を流れる涼やかな水が、まるで琴の音に乗ってこちらまで流れて来るみたいだ）

自然で穏やかな歌風からすると、深養父は温厚な風流人であったと推測される。深養父の歌には、小倉百人一首の歌も含め機智に富む歌が多い。その中で、有名な一首、

冬ながら空より花の散りくるは雲のあなたは春にやあるらむ

（冬でありながら空から花が落ちて来るのは、雲のかなたはもう春だというのだろうか）

もちろん、空から降りてくる雪を花に見立てているわけだが、本歌とは逆に地上の花を天からの雪と見た大伴旅人の名歌が思い出される。

我が園に梅の花散るひさかたの天より雪の流れ来るかも　　大伴旅人

小倉百人一首

夏の夜はまだ宵ながらあけぬるを雲のいづこに月やどるらむ

(夏の夜は短くて、まだ宵の口だと思っているともう夜が明けている。西の空に消える間がなかった月は雲のどこに宿をとっているのだろうか)

深養父の曾孫である清少納言も夏の月が大好きだったらしく、『枕草子』の「春はあけぼの」の段で、「夏は夜。月の頃はさらなり」と述べている。

34

右近（生没年不詳）

おほかたの秋の空だに侘しきにもの思ひそふる君にもあるかな

（何ということもない秋の空でさえ侘しいものなのに、このうえさらに物思いを添えるあなたですことよ）

詞書には「相知りて侍りける男の久しうとはず侍りければ、長月ばかりに遣はしける」、つまり、以前恋人の関係だった男の訪れが長く途絶え、晩秋九月に贈った歌である。恋歌では「秋」に「飽」を掛けるのが普通で、「秋の空」のように移ろいやすい元恋人に恨みを込めている。とは言っても、それほど強い恨みではなさそうで、「ずっと待っておりましたのに、夏も過ぎ、もう秋も過ぎようとしています。私をほんとうに寂しくさせるあなたですね」と、ちょっと拗ねている感じが含まれている。もし私がこんな奥ゆかしい恋歌を贈られたら、男心がくすぐられて、すぐにでも飛んで行きますよ。

右近は醍醐天皇の中宮穏子《おんし》に仕えた女房である。優秀で歌才のある美女だった。中宮穏子はあの権力者藤原基経の娘で、時平や忠平の妹にあたる。醍醐天皇の寵愛を受け、朱雀天皇と村上天皇を生んだ。醍醐天皇崩御後も二代の国母として君臨したので、穏子の局は華やかな雰囲気があり政治的にも重要な局であった。そんな中、多くの政治家や貴公子が集う社交場にあって、右近はまさに社交界の華であっただろう。実際、交際範囲は広く、元良親王、藤原敦忠、藤原朝忠、清原元輔、源順《したごう》などと交流が認められている。勅撰入集は十首ある。

小倉百人一首

忘らるる身をば思はずちかひてし人の命の惜しくもあるかな

（忘れられるわが身は何とも思わない。忘れないと誓った人の命が、神の怒りにふれて失われるのが惜しいことよ）

ほとんどの解釈本ではこのように訳されている。この歌は恋人である藤原敦忠［38番］に贈った歌であるが、「約束を破ったあなたは神罰で死んでしまいますよ」と言っておきながら、「あなたの命が惜しくて堪りません」と言っている。私にはどうも意味が分からない。しかし、ひと昔前はこれとは別の解釈がなされていたという。どういうことかというと、若い頃この二人は恋人の関係にあったが、その後は別れて別々の恋の道を歩んだ。しかし、右近は敦忠のことが忘れられず心の中でずっと想い続けてきた。別れてから二十年後、敦忠が病気で死にかけているという噂を聞いた右近が、敦忠に贈ったのがこの歌なのである。「若い頃永遠の愛を誓い合ったあなたの命が惜しまれてなりません。どうか長生きしてください」と歌を贈ったのである。しかし、もう敦忠は返事を書くこともできずに、三十八歳の若さで亡くなってしまった。この解釈でようやく私は納得した。

35

平兼盛 （生年不詳～九九〇）

暮れてゆく秋の形見におくものは我が元結の霜にぞありける

（暮れて去る秋が形見に残していったものは、私の元結いについた霜、いや白髪であったよ）

紅葉が散り始め、初冬がそこまでやってきている晩秋はもの寂しい季節である。過ぎゆく秋を老いゆくわが身に喩えて、なおさら心細さが感じられる時期でもある。秋が形見として残していったものが、霧立ちのぼる夕暮れでもなく、尾花の白露でもなく、哀れ深い月影でもなく、それは自分の元結いの霜と見紛う白髪であったのだ。老いの悲哀がここに極まっている感じがする。私も若い頃は、まさか自分が老人になるとは想像もできなかった。それが今や、ホテルやデパートにある鏡に映る己の姿を遠くに見て、あそこにいるみすぼらしい白髪の老人は誰だろうと、一瞬自分を見失うことがあるのだ。後に能因［62番］も「秋と老い」を関連づけて同じように詠んでいる。

かくしつつ暮れぬる秋と老いぬれどしかすがになほものぞかなしき　能因

（こうして暮れてしまった秋とともに私も老いてしまったが、それは当然のことではあるものの、やはりもの悲しいよ）

平兼盛は光孝天皇の五代孫で、筑前守平篤行の子である。官位は進まず従五位上駿河守にとどまった。『袋草紙』によると赤染衛門［55番］の父という説がある。『拾遺集』『後拾遺集』の主要歌人で、勅撰入集は九十首に及ぶ。兼盛の歌はあまり技巧的ではなく、着実な表現を好んだ。和歌に対する執心さは人一倍であったらしく、歌を詠むときは正装し、長時間考え悩み苦吟し、満足する表現を思いつくまで苦心していたという。私の好きな恋歌二首を挙げておきたい。

君恋ふと消えこそわたれ山河に渦まく水の水泡《みなわ》ならねど

（あなた恋しさに、私の命はいつも消えそうになっているのです。谷川の渦巻く水の泡ではないけれど）

つらくのみ見ゆる君かな山の端に風まつ雲のさだめなき世に

（いつも薄情な態度に見えるあなたですよ。山の端で風を待つ雲のように、頼りない世にあって）

兼盛と言えば、壬生忠見と競った「天徳内裏歌合」の逸話を載せないわけにはいかない。「天徳内裏歌合」は後世語り草になるほど有名な歌会で、村上天皇主催で開かれた。一流の歌人が選ばれ、あらかじめ一ヶ月前に出された歌題によって左右に分かれた歌人が歌を出し合い、勝敗を競い合うものだ。今の紅白歌合戦のようなものだ。場所は清涼殿、天皇臨席のもと豪華絢爛を極めた一大イベントであった。衆人の注目を浴びる中、二十番勝負の最後を飾る「恋」の歌題で兼盛と壬生忠見が対決した。

小倉百人一首

しのぶれど色にいでにけりわが恋は物や思ふと人の問ふまで

（人に知られまいと恋しい想いを隠していたけれど、とうとう隠し切れずに顔色に出てしまった。「何か物想いをしているのでは」と、人が尋ねるほどまでに）

恋すてふわが名はまだき立ちにけりひと知れずこそ思ひそめしか　　壬生忠見

二つの歌とも抜群の秀歌であったため、判者の左大臣藤原実頼は勝敗を決めかね、副判者の大納言源高明に譲ったが、高明もなんとも言えず平伏するばかり。一座は緊張の際に達した。そこで、実頼はついに天皇のお気持ちをうかがった。天皇はどちらがよいとも仰せにならず、「しのぶれど……」と低く口ずさまれた。おそらく天皇は両方の歌を口ずさまれた後に決めようとなされたのだろう。しかし、それを聞いた高明が早とちりして、「どうも天皇のお気持ちは兼盛にあるようだ」と囁いたので、実頼は「兼盛の勝ち」と宣したのであった。

兼盛が狂喜したことはいうまでもない。さて、この二首とも小倉百人一首に選ばれているが、どちらの歌が好きか意見は分かれることだろう。私は「恋すてふ」の方が好きだ。

36

壬生忠見（生没年不詳）

ことのはの中をなくなくたづぬれば昔の人にあひみつるかな

（亡き父の遺稿の中を涙ながらに探し求めると、当の亡き人に逢ったような気がする）

忠見は壬生忠岑［28番］の息子で、親子とも小倉百人一首、三十六歌仙に選ばれた歌の名手である。勅撰入集は三十七首ある。父忠岑と同様、生涯微官で終わった。村上天皇より『後撰集』の資料として歌の提出を求められ、父・忠岑の残した歌稿などを集めて、その最後のページに書き付けたのがこの歌である。

私の母はサトウハチローに師事した素人詩人で、生涯に四冊の詩集を出版した。旅や日常の暮らしを題材とした詩を多く作った。最後の詩集『陶片』の出版記念会で、代表作として詩人自ら朗読した詩がある。

次男坊

おおとかるく手をあげ
背を少しまるめて

久しぶりに次男は帰ってきた
自分の家でもなく
他人の家でもない
お前の生まれた
私の家に

無造作に靴をぬぎ
コートを少年の頃の仕草のままでいと引っかける
お前の母なのか
娘の祖母なのか
少し白髪の交じりはじめた息子には
母親だけにわかる哀愁が漂っていた

次男坊よ
わざとよれよれの服なんかよせ
ピンと糊のきいた白いワイシャツと
身分相応の靴をはけ

今朝お前から手紙がついた
電話では届かないおもいが
便箋のあちこちに沁みていた
鶯がうるさい程ないているそうだが
松本の新しい住まいが気に入ったかな
六月にはアメリカ出張とか
元気でいってらっしゃい

遠いところに暮らしていても
お前の旅行カバンの中は想像できる
熱心に集めているという
井上靖の初版本と家族の写真が入っていると思うのだが
次男坊よ
この春のシシリー島の旅は美しかった
ほんとの旅情がわかってくれるのは
お前だけのような気がする
いつかゆっくりと
親子で

人生の旅を語りたい

二十数年前の私が、人目を気にせずだらしない格好をしていたことがばれてしまった。母が亡くなって十年ほど経った頃、『石笛』という同人誌に掲載されていた母の随筆をまとめてみたことがある。その中に、次男である私のことが書いてあるいくつかの随筆を見つけたとき、なにかしみじみとしたものが胸に突き上げてきた。一方、父は町医者で理科系の頭の持ち主だったが、『最後に帰ってきた軍医』という一冊の本を残してくれた。終戦後ロシアに五年間も抑留され、最後に帰国した軍医としての体験談を綴ったものだ。掲出歌のように、両親の言の葉に折に触れて接するとき、亡き親が身近に感じられるのである。

さて、35番平兼盛の項で述べた「天徳内裏歌合」の話の続きである。

小倉百人一首

恋すてふわが名はまだき立ちにけりひと知れずこそ思ひそめしか

（私が恋をしているという噂が、もう世間の人たちの間には広まってしまったようだ。人には知られないよう、密かに想いはじめたばかりなのに）

忠見は父同様に官位が低く、この華やかな歌合の歌人に選ばれたのは大変名誉のあることだった。この歌合で勝利することは、彼にとって名声を手に入れるばかりでなく、官位が進む可能性もあることから、強い思い入れがあったに違いない。一ヶ月前から歌を練りに練って、絶対の自信があったであろう。清涼殿に昇れない兼盛クラスの人たちは控え室で結果を待っているが、兼盛よりもっと身分の低い忠見はその控え室にも入れない。仕事場である料理所の同僚たちと一緒に固唾をのんで勝負の結果を待っていた。そして、負けたという知らせを聞いた忠見の落胆ぶりは尋常なものではなく、帰宅した彼はそのまま病に伏したと言われている。『沙石集』には、これが原因で忠見が亡くなったと伝えられているが、それは間違いのようである。しかし、それほど歌合に人生をかけていたということが伝わるエピソードだ。

37

清原元輔　（九〇八〜九九〇）

思ひいづやひとめなかりし山里の月と水との秋のおもかげ

（あなたは思い出しますか。人目のないところで見た、山里の月と川との秋の美しい風景を）

『元輔集』には、「八月ばかりに桂といふ所にまかりて月いと明き夜まかりて、水の面に清うて影見え侍りたりし、同じ人に」という詞書で

桂川月のひかりに水まさり秋の夜深くなりにけるかな

という歌がある。掲出歌はその次に載っているもので、「まかり帰り見侍りし人の許に遣はしし」という詞書で詠われたものである。冒頭は「思ひいづや」と強い響きで始まるが、第二句、三句と次第に柔らかくなり、「月と水との秋のおもかげ」と、美しい余韻を残して終わっている。私は特にこの下句にシビれた。気の置けない友人と出かけたということではなく、桂川の里に住んでいる恋人の許に通った際、二人で月を見たときのものだろう。

以前、桂離宮を見学した折、桂川畔にある「中村軒」という茶屋で名物の麦代餅《むぎてもち》を食べたことがある。この店から見る桂川は、その名前のイメージから想像する優雅な川の姿ではなく、思いのほか水量が多く、荒涼たる川の風景だった。誰もいない川の畔で恋人と二人、蕩々と流れ

る水面に映る美しい秋の夜月を眺めながら、元輔は恋人と愛を誓ったのだろう。「月と水との秋のおもかげ」という何かもの悲しさを帯びた余韻は、後の二人の破局を予想させる。

清原元輔は深養父の孫、清少納言の父である。官位は高くなく、七十代後半に肥後守となり、その地で八十三歳のとき亡くなった。「梨壺の五人」の一人に任命され、『万葉集』の訓読と『後撰集』の編集に携わった。勅撰入集は一〇八首にも及ぶ。性格はユーモラスでひょうきんで、才気に満ちた人だったらしい。清少納言は元輔が五十代後半の時の娘であるが、清少納言を題材に小説を書いた田辺聖子によると、彼女は多分に父の性格を受け継いでおり、物の見方も発想もかなり父親に負うところが多かったと解釈している。さらに、父と娘はとても仲が良かったにちがいないと想像している。

『枕草子』九十五段「五月の御精進のほど」のなかに、中宮定子が清少納言に向かって詠った、

元輔が後と言はるる君しもや今宵の歌にはづれてはをる　中宮定子

（和歌の名人元輔の娘であるあなたが、今宵の歌会に不参加で良いのですか？　あなたも一緒に和歌を詠みなさい）

という歌があり、元輔が歌人としていかに高名だったかがよく分かる。

小倉百人一首

契りきなかたみに袖をしぼりつつ末の松山浪越さじとは

（お互いに涙に袖を濡らしながら、誓い合いましたね。波があの末の松山を決して越すことがないように、二人の仲も決して変わることはないと）

なお、「末の松山」は宮城県多賀城市ＪＲ駅にほど近い丘にある。海岸の近くにあるが、どんな天変地異が起こっても波は「末の松山」を越えることはないという言い伝えから、男と女が心変わりしないと誓う喩えにされた。さらに、不可能の事柄を言う時の比喩としても用いられてきた。実際、このたびの東日本大震災においても、津波は多賀城駅まで押し寄せたが、「末の松山」はもう少しのところで難を逃れたのであった。伊東眞夏著『深読み百人一首』にはそれが地図で詳細に記されている。

38

藤原敦忠（九〇六～九四三）

逢ふことをいざ穂に出でなむ篠すすき忍びはつべき物ならなくに

（あなたに逢っていることを、さあ世間にはっきりさせてしまいましょう。篠すすきが穂を出すように、最後まで隠しおおせるものではないのですから）

「しのびてすみ侍りける女につかはしける」という詞書がある。「篠すすき」という詞が光を放っている。穂が出る前のすすきのことだが、相手の女性がいかにも清純であるという印象を与える。「穂にいで」は篠すすきの穂が出ることで、情事の露見を喩えている。

敦忠は時の権力者で悪名高い藤原時平の三男である。順調に出世し中納言に至る。父の時平は三十九歳で亡くなり、菅原道真の祟りだと噂されたが、息子の敦忠も短命を予知していたらしく、妻に「自分もきっと早死にするよ」と言っていたらしい。実際その通り、三十八歳の若さで亡くなってしまった。歌人としても琵琶弾きとしても秀でていた若き貴公子は非常にモテた。伊勢が「わすらるる」の歌を贈った相手である。伊勢をはじめ、醍醐天皇皇女の雅子《がし》内親王、保明親王未亡人など恋の相手は数え切れない。「敦忠集」には一四五首の歌が収められているが、百首ちかくが雅子内親王との情熱的な贈答歌である。勅撰入集は三十首ある。

敦忠の出生の秘密は面白い。『今昔物語』によれば、敦忠の実の父親は時平ではなく、時平の叔父にあたる中納言国経だと伝えられている。国経はゆうに七十歳を過ぎていたが、彼の妻は在原棟梁の娘で、若く類い希なる美人と評判だった。その人妻に食指を動かした時平は、叔父の国経を訪れて、左大臣の地位をかさに着て、うまい具合に妻を奪ってしまうのだ。そのまま牛車に乗せて家に連れて帰ってしまった。しかし、人妻はこのときすでに国経の子を身ごもっていたのである。程なく生まれたのがこの敦忠である。実は、人妻の父在原棟梁は在原業平の息子なので、敦忠は業平の曾孫ということになる。業平の血を引く敦忠は美貌の人であったらしい。

なお、谷崎潤一郎の名作『少将滋幹《しげもと》の母』はこの話を元に書かれた。少将滋幹の母とは、時平に奪われた国経の妻のことである。つまり、少将滋幹は国経と妻との間に生まれた息子のことで、敦忠の五歳上の兄にあたる。母が時平に奪われて残された子ども・滋幹による母に対する追慕と、美しい妻を奪われた老人国経の悔恨に焦点を当てて繰り広げられる物語である。滋幹が老いた母に対面する最後は感動的で、落涙必至の場面である。

わがごとく物思ふときやほととぎす身をうの花のかげに啼くらむ

（ほととぎすは私と同じように、何か思い悩む時、わが身の境遇の辛さを嘆いて、うの花の陰で鳴くのだろうか）

「うの花」はウツギのこと。「う」と「憂」が掛詞になっている。華やかな生活を送ったハンサムな貴公子敦忠にしては珍しく憂いを含んだ暗い歌である。はたして人知れぬ悩み事があったのか、あるいはやはり、道真の祟りによる死の影に怯えていたのだろうか。

小倉百人一首

あいみてののちの心にくらぶれば昔はものを思はざりけり

（あなたと深い仲になってからの熱い思いに比べれば、以前の恋など、何も思っていないのと同じだったなあ）

39

藤原朝忠　（九一〇〜九六六）

もろともにいざと言はずば死出の山越ゆとも越さむものならなくに

（死ぬときは一緒に死のうと言っていたあなた。私がさあ共に死のうと言わないのに、どうしてあなた独りだけが死出の山を越えるようなことがあるだろう）

涙が出そうなほど情愛に溢れる歌である。少し古いが、舟木一夫が「絶唱」で歌った「なぜ死んだ　ああ　小雪……」の歌詞が思い浮かぶ。朝忠がある朝臣の娘のもとに通っていたが、娘が病気になり「もう死ぬかもしれない」と言ってきた手紙への返歌である。私が一緒に死のうと言っていないのだから、あなたが独りだけ死ぬことは絶対にないよ、と励ましているのである。

朝忠は藤原定方［23番］の五男である。和漢の学に優れ、順調に出世して中納言になった。地位も名誉も風流も兼ね備えた公家である。38番敦忠と名前が似ていて、二人とも中納言で紛らわしいが、ほぼ同年代の二人はお互いライバルとして意識し合っていた。朝忠は、和歌はもちろん、笙の名手であり読書家でもあった。勅撰入集は二十一首ある。平兼盛のところで述べた、あの有名な天徳内裏歌合で六戦五勝という成績を残している。歌人として選ばれたことだけでも名誉なことであるのに、六首も詠んでしかも五首で勝利しているとは凄いことである。そのうちの一首、

人づてに知らせてしがなかくれ沼《ぬ》のみごもりにのみ恋ひやわたらむ

（人を通して知らせたいものだ。ひっそりした沼のように、思いを胸に秘めたまま恋し続けるのだろうか）

「隠れ沼」は草などに覆われて水面の見えない沼のこと。「みごもり」は「水籠り」のことで、胸に秘め外に表さないことをいう。

もう一つ好きな歌は、ある人妻とひそやかな関係を続けていたが、国司として地方へ下る夫に同行することになったので、別れ別れになってしまう悲しみを詠んだ。

たぐへやるわがたましひをいかにしてはかなき空にもてはなるらむ

（あなたにいつも添うている私の魂を捨てて、どうしてあてどもない知らぬ国の空に、はるかに離れていってしまうのでしょう）

小倉百人一首

逢うことの絶えてしなくはなかなかに人をも身をも恨みざらまし

（あの人に逢うことさえなかったならば、その人の心変わりを恨んだり己をせめたりしなくてすむものを）

これも天徳内裏歌合に出詠し勝利した歌である。この歌の解釈を巡っては二つの説がある。一つは、「未だ逢はざる恋」すなわち、特定の人を指しているのではないとする説。当時詠われた頃はこれが主流であった。時代が下ると「逢うて逢はざる恋」すなわち、一度は逢ったもののその後は逢えないままになっているとする説がでてきた。定家は後者の解釈に拠ったという。私も後者の方が歌の流れが自然であるように感じる。

40

源順《したごう》（九一一～九八三）

世の中をなににたとへむ秋の田をほのかにてらす宵の稲妻

（現世を何に喩えようか。たとえば、秋の田をほのかに照らし出す宵の稲妻）

「宵の稲妻」は一瞬の短さを喩える詞である。誰もいない暗い田んぼの風景は静謐でありながら、なぜかおどろおどろおどろしい感じもする。すると、宵の薄闇を切り裂く稲妻が、田んぼを一瞬だけほのかに照らし出す。しかしその後は、何事もなかったかのように、すぐにもとの静寂に戻る。この歌は、七月から八月にかけて四歳の娘と五歳の息子を立て続けに亡くした時の作と言われている。そういう作者の思いでこの歌を改めて味わってみると、悲しいとか辛いなどという言葉はなくても、源順の心情が一気に胸に迫ってくる。人生とは本当に儚いもので、人が生きる時間というものはただ一瞬の稲妻の光のようなものだとする作者の感懐が。

これよりもずっと昔、『万葉集』で沙彌満誓《さみまんせい》が、

世の中をなににたとへむ朝ぼらけ漕ぎいにし舟の跡なきごとし　沙彌満誓

と、世の中の儚さを、航跡がたちまち消えてゆく様に喩えて詠っている。こちらの方は、全体的に静的でどこか宗教的な余韻を残している。

源順は若くして博学を知られ、漢詩文にも優れていた。和泉守や能登守を歴任した中級クラスの官士である。村上天皇の勅により、和歌寄人として「梨壺の五人」のひとりに選ばれた。「梨壺の五人」のメンバーは他に、大中臣能宣《おおなかとみのよしのぶ》、清原元輔、紀時文、坂上望城《さかのうえのもちき》がいる。和歌寄人の仕事として、『万葉集』が漢字のみで書かれていて読みにくいので訓釈するように命じられ、歌に訓点を加えた。また、『後撰集』の編集という歴史的に重要な仕事に携わった。勅撰入集は五十一首である。小倉百人一首に選ばれていないので、その名はあまり知られていないが、塚本邦雄は、「高度の言語遊戯ともいうべき技巧の駆使にかけて、彼の右に出るものは三十六歌仙の中にもいるまい」と絶賛している。

時雨かと驚かれつつふるもみぢ紅き空をも曇るとぞ見し

（時雨が降ってきたような音がするので驚いて外を見てみると、紅葉が降るように散り乱れているのだった。それは空を紅く染めて曇らせるように見える）

紅く染まった時雨が降って来るような幻影を作者は見たのであろう。比喩がこれほど大げさな例も珍しいが、ハッと驚かされる表現に魅せられる。

老いにける渚の松の深緑しづめる影をよそにやは見る

（老木となった渚の松の濃い緑の色が水底に沈んでいる。その影を私はよそごととは見はしない）

源順は才能を持て余しつつ不遇の生活を送った文人の典型である。「梨壺の五人」に選ばれたとき、四十一歳にしてまだ「大学寮学生《がくしょう》」であった。二年後にようやく文章生《もんじょうしょう》になり下級官士にありついたが、和泉守になったのは五十七歳になってからであった。当然のことながら、本歌のように不遇を訴嘆する歌を多く作った。

41

中務《なかつかさ》（生没年不詳）

忘られてしばしまどろむ程もがないつかは君を夢ならで見む

（忘れてしまえて、しばらくまどろむ時間がほしい。いつになったら、あなたと夢ではなしに逢えるのでしょうか）

中務は八十歳の長寿を得たが、晩年に娘と孫に先立たれる不幸にあった。掲出歌は娘を喪ったときの歌である。亡き娘のことが常に思い出されて一日中悲しみに浸っている。眠りに落ちても、まどろむ時間もないほど亡き娘の夢ばかり見る。私も早く冥土に行って娘に逢いたいものだと詠う。歌の響きが淡々としているだけに、かえって悲しみの深さが伝わってくる。

中務は、伊勢［18番］と宇多天皇皇子敦慶親王との間の子である。あの才能豊かな美人である伊勢の娘であるから、おそらく容貌才覚とも母親譲りであっただろう。そういう例は現代でもよく見られることである。その証拠に、言い寄ってくる男は多かった。藤原忠平の息子実頼・師輔兄弟、元長親王（元良親王の弟）、醍醐天皇皇子常明親王などとの恋を経て、源信明《さねあきら》と結婚し、ゐとのという娘を得た。ゐとのは後に藤原伊尹《これまさ》［42番］に嫁す。掲出歌はゐとのが亡くなったときのものである。中務は『後撰集』時代の代表的な女流歌人で、勅撰入集は六十六首もあり、相当優れた歌人であったと考えられる。

母娘とも有名な歌人は、後の和泉式部・小式部内侍や紫式部・大弐三位の例もあるが、伊勢と中務の関係はどうだったのだろうか。調べてみたところ、新井裕子著『中務歌の表現』という論文にその答となる記述が見られた。それによると、中務の歌には語句や着想などかなり伊勢に似た表現が見られるという。実際、明らかに倣いながら歌を詠んだとみられる例があり、母親から直接指導を受けていたものと推測される。

掲出歌と同じ時期に詠われたものに、

咲けば散る咲かねば恋し山桜思ひたえせぬ花のうえかな

（咲けばいつかは散ってしまう。咲かなければいつ咲くかと恋しい、山桜よ。花のことでもの思いが絶えないことよ）

花のことを詠っているようだがそうではなく、儚い桜花を亡き娘に喩えて、人生のむなしさを詠っているのである。前述の新井論文のなかで、「平坦な詠みぶりにも、興ある一点が添えられているというスタイルが中務の歌作姿勢であると考えた」と考察されているが、そういう視点で見れば、ここでは、「花のうえかな」が儚い感じを醸し出していて印象的だ。

下くぐる水に秋こそかよふらしむすぶ泉の手さえ涼しき

（地面の下を潜って流れる水には、ひっそりともう秋が入り込んでいるらしい。泉の水を掬い取る掌にまで、秋の涼しさが伝わります）

水を掬う手に感じられた涼しさから、水底には地上に先がけて秋が通っているらしい、と想像する。一般的には、秋の訪れを、風の涼しさによって感じ取るのが普通だが、水の冷たさから感じ取っているところに特徴がある。

42

藤原伊尹《これまさ》（謙徳公）（九二四〜九七二）

人知れぬ寝覚の涙降り満ちてさもしぐれつる夜はの空かな

（人に知られない寝覚めにこぼすわたしの涙が降って満ち溢れ、このようにしぐれた夜空なのだ）

「人知れぬ寝覚」は独り寝の寝覚めを想起させる。「降り満ちて」は、これまでにない新しい表現であると指摘されている。「さも」はそのように、という意。「しぐれ」とは、晩秋から初冬の頃に降ったり止んだりする通り雨のことで、涙あるいは泣くことの比喩にもなっている。あらためてこの歌を見てみると、肌寒い晩秋の夜更けにふと目覚めると、周りには誰もいない。ただでさえ寂しい気配なのに、空は時雨で夜気はじっとりとしているから、なおさら心細くなるばかり。このような時雨の夜にさせるのは、あなたを想う私の涙だったのだ、という発想が新鮮である。

伊尹（謙徳公）は、藤原氏全盛の基を築いた忠平［24番］の孫で、右大臣師輔《もろすけ》の長男であるから藤原家本流の貴公子である。子に義孝［48番］、孫に行成がいる。娘の懐子《かねこ》が冷泉天皇女御となり、花山天皇を生んだ。それをきっかけに出世に拍車が掛かり、摂政太政大臣になった。さしたる努力も要せず、辣腕を振るうこともなく位人臣を極めた。若い頃から美男でならし、「梨壺の五人」を監督する別当（長官のようなもの）にも任ぜられるほど学才もあった。平安時代中期の有数の歌人で、勅撰入集は三十七首ある。

「世の中は我が御心にかなはぬことなく」と自ら言うように、身分・才能・容姿の三物を天から与えられた幸運児であったが、寿命は長くなく四十九歳で亡くなった。服部敏良著「平安時代医学史の研究」によれば、糖尿病が死因であったという。日本で記録に残る最初の糖尿病患者は藤原道長だと言われているが、あまりにも多くの幸運を得たので、寿命だけが不足したのであろうと、当時の人々は噂したと言われている。

父親の師輔は篤実な人で、息子の伊尹に、勉学を励み節約し堅実に生きるように遺訓を残している。しかし、伊尹の性格は派手好きで贅沢を好み、交際のあった女性は十人以上だったと伝えられている。それにもかかわらず、死後の贈り名が謙徳公というのが不思議でならない。謙徳公とは慎み深くて徳の高い貴人を意味するからである。人間の実像というものは、外観や世間の評判とはかけ離れているのかもしれない。藤原敦忠が亡くなった後に人々と花見をした時に詠んだという次の歌を見てみれば、謙徳公と呼ばれてもおかしくはない優しい人柄の一端が表れている。

いにしへは散るをや人の惜しみけむ花こそ今は昔恋ふらし

（昔はあの人が花の散るのを惜しんだだろうに、今では花の方が亡き人を恋しがっているようだ）

小倉百人一首

あはれともいふべき人は思ほえで身のいたづらになりぬべきかな

（私をかわいそうだと同情を向けてくれそうな人はもう誰もいない。あなたを恋い焦がれながら、ただひとりむなしくわが身は消えていくだけなのだ）

43

曾禰好忠《そねのよしただ》（生没年不詳）

鳴けや鳴け蓬《よもぎ》が杣《そま》のきりぎりす過ぎゆく秋はげにぞ悲しき

（鳴けよ、鳴け。杣木のように繁っている蓬の下のきりぎりすよ。過ぎ去ってゆく秋は本当に悲しいよ）

きりぎりすとはコオロギのことである。「鳴けや鳴け」と、大胆な初句切りが気持ちよい。清原元輔の「思ひいづや」や「ちぎりきな」よりも痛快だ。過ぎゆく秋を惜しむ歌は陰気になりがちだが、この歌からは男らしい潔さが伝わってくる。「杣」は材木にするため植林した樹木のことで、まっすぐに伸びる杉や檜を想起させるが、「蓬が杣」とはなんという面白い表現であろう。蓬は、あの草の蓬である。コオロギにとっては一メートルに満たない蓬の草が大木の杣に見えるのである。コオロギの視点からの発想だったのだ。だからこそ、「げにぞ」という大げさな言葉が生きてくるのだ。

好忠の生没年は不詳だが、七十過ぎに没したと言われている。斬新な歌風で一世を風靡するも、性格が偏屈で自尊心が高く、世間と相容れなかった。官士としての地位は低く、丹後掾（四等あるうちの三等官）であったので曽丹後《そたんご》とか曽丹《そたん》などと軽侮を込めて呼ばれていた。本人はそう呼ばれるのを嫌がって、今に「そた」と言われてしまうのではないかと嘆いたという。

百人一首の解説本には必ず書かれている有名な逸話がある。円融上皇のとき開かれた和歌を鑑賞する催しに、好忠は招集されていないのに歌人の席に座り、力ずくで追い出された事件があった。このとき、逃げ出した好忠の背後から、居並ぶ貴族たちが手をたたいて笑い合ったという。しかし、よく調べてみると、真相はちょっと違うようである。その場に居合わせた藤原実資などの証言によれば、好忠も、平兼盛や清原元輔などと並んで召人に入っていたというのだ。おそらく院の側近の手違いが原因で追い立てを食らったのだろう。その手違いは身分の低さから生じたのであろうから、なんとかわいそうな話ではないか。

好忠の歌風は一風変わっており、これまであまり取り上げられなかった題材や『万葉集』の古語を用いるなどの工夫があった。同時代には受け入れられないことも多かったが、平安後期になって、歌に新規性を求める傾向が出てくると、好忠の歌は多くの歌人に影響を与えた。勅撰入集は九十二首にも及ぶ。私にはこの人の歌が特に新鮮に感じられ、好きな歌が多い。

日暮るれば下葉をぐらき木のもとのもの恐ろしき夏の夕暮れ

（日が暮れるとうっそうと茂った木々の下闇が、じつに恐ろしく感じられる夏の夕暮れであるよ）

夏の夕暮れを「恐ろしき」と表現するのには瞠目した。これまで詠われてきた「夏の夕暮れ」の風流とは全く異なる感性がいかにも好忠らしい。そう言われてみると確かに、暗い木の下闇には、何か得体の知れない物がじっと潜んでいるような恐怖感がある。

曇りなき青海《あおみ》の原を飛ぶ鳥のかげさへしるく照れる夏かな

（一点の曇りもない真っ青な海原を鳥が飛んで行く。そのちっぽけな姿さえくっきりと照らし出す太陽が輝く夏よ）

生命感溢れる夏の情景を見事に詠みきっている。古典和歌とは到底思えない現代性が感じられる。

小倉百人一首

由良の戸を渡る舟人かぢを絶えゆくへも知らぬ恋のみちかな

（由良の門を渡る船人が、櫂を失って行き先も分からないように、将来どうなるとも知れない恋の行方であるなあ）

44

恵慶《えぎょう》（生没年不詳）

天の原空さえ冴えやわたるらむ氷と見ゆる冬の夜の月

（天の原と呼ばれる広大な空さえ一面冷え切っているのだろうか、氷と見える冬の夜の月よ）

「天の原」といえば阿倍仲麻呂の

天の原ふりさけ見れば春日なる三笠の山に出でし月かも　　阿倍仲麻呂

という有名な一首がある。海外に出かけた折、月を見上げるたびに口ずさむほど大好きな歌だが、残念ながら仲麻呂の歌はこの一首しか残っていない。

「天の原」は天空を平原に見立てた表現で、「冴え」は冷たく氷る意である。冬の夜空に凜と輝く月の情景を見事に表現している歌だ。特に、「氷と見ゆる」という厳しい言葉が生きている。これからの私の人生において、冬の月を「ふりさけ見る」たびにこの歌を思い起こすに違いない。

恵慶は出自、経歴とも不明であるが、播磨国の国分寺の僧侶だったと言われている。山里にわび住まいし、時にあちこちを漂泊しつつ遁世生活を送っていたものと思われる。左大臣源高明や関白藤原道兼との接触もあり、大中臣能宣、清原元輔、源重之ら同時代の歌人たちとも交流があった。勅撰入集は五十五首ある。

小倉百人一首

八重むぐらしげれる宿のさびしきに人こそ見えね秋は来にけり

（幾重にも雑草の生い茂った宿は荒れて寂しく、人は誰も訪ねてはこないが、それでも秋だけは訪れるようだ）

栄枯盛衰は人の世の常であるが、季節の巡りは必ずやって来るという自然の摂理を対比させている。この一首は河原院の跡地で詠まれた。河原院とは源融［13番］が贅を尽くして建てた豪邸で、融の没後は宇多院に献じられたが、融の霊がここに住み着き数々の異変を起こしたので、やがて寺院に変わり、融の子孫が住んだ。融の時代からおよそ百年を経て、曾孫の安法法師が一隅に住んでいたが、広大な庭園は荒れ果ててしまっていた。この荒廃した風情に人気があり、安法法師は特に親しかった恵慶、清原元輔、平兼盛、源重之などの歌人を呼んでたびたび歌会を催した。そのときの恵慶の歌が他にもいくつか残っている。

いにしへを思ひやりてぞ恋わたる荒れたる宿の苔の石橋

（家の主が元気だった昔を想像して恋しく偲び続けるよ。荒れてしまった庭の苔むした石橋を渡りながら）

なお、さらに数十年後に、『源氏物語』の「夕顔」の章で、この河原院跡が舞台になって登場する。光源氏と一夜を過ごした夕顔の君が、物の怪に襲われてここで急死するのであった。民間の館が世紀を超えて文学作品に取り上げられるのは珍しいことである。河原院は平安末期になるといよいよ荒れ果てて、東国の夫婦が泊まったとき、妻が鬼に食い殺されたなどという逸話も生まれた。現在この地は塩竈町《しおがまちょう》という地名として残っている。源融は河原院を奥州の塩竈に似せたいと思って造営したわけなので、融の願いはここに達成されたことになる。

次に挙げる歌は「つごもりの夜、年のゆきかふ心、人々よむに」という詞書で、

ふる雪にかすみあいてやいたるらむ年ゆきちがふ夜はの大空

（降りしきる雪でぼうっと霞んだまま、やがて新年に至るのだろうか。旧い年と新しい年が行き交う大晦日の夜空）

旧年と新年、冬の雪と春の霞が行き交う大晦日の夜空。四季の移り変わりを独特の境地で美しく詠いきっている。田辺聖子は「この人の歌に魅力があるとは思えない」と言っているが、私は恵慶の多くの歌に魅力を感じている。

45

源重之（生没年不詳）

白波に羽うちかはし浜千鳥かなしきものは夜の一こゑ

（白波と羽を交えながら飛ぶ浜辺の千鳥、悲しいものは夜半に鳴くその一声だ）

「右馬助にて播磨へ行くに、明石の浜にて夜いと暗きに千鳥なきて沖のかたへいぬ」という詞書の歌である。夜の暗い海なので、重之はその姿を実際に目にしていないのではないかと思われる。千鳥は、白波と羽を交えるぐらい海面すれすれを飛んでいる。「夜の一声」とあるので、はぐれた孤独な千鳥が波の上を寂しく飛んでいるのを想像して詠んでいるのだ。その侘しい鳴き声が、昇進に恵まれずに旅をしている作者の胸の内を震わせるのだろう。

源重之は清和天皇の皇子貞元親王の孫で、三河守源兼信の子である。冷泉帝の帯刀先生《せんじょう》つまり東宮警備の長官を経て、諸国の地方官を歴任した。左遷された藤原実方［49番］に同情し陸奥国に同行して、その赴任先で六十歳ぐらいのとき没した。

平兼盛、曾禰好忠、恵慶らと親交が深く、勅撰入集は六十六首に及び、優れた歌人であった。

雁がねの帰る羽風やさそふらむ過ぎゆく峰の花も残らぬ

（北国へ帰る雁の羽風が誘うのだろうか、雁の過ぎゆく峰は花も残っていない）

鶯のきゐる羽風に散る花をのどけく見むと思ひけるかな

（鶯が来て枝に止まり羽ばたく、そのかすかな風にさえ散る花を、いつまでものんびり見ていようと思っていたとはなあ）

掲出歌は千鳥の羽を、この二首は鳥の羽風を取り上げているので、重之はきっと愛鳥家に違いない。諸国を巡りながら、野鳥に心を癒やされていたのかもしれない。重之の視点はやがて鳥の羽に集中するようになり、潮に濡れる千鳥の羽や、花を散らす羽ばたきなどに心を奪われてしまったのだ。こういう重之に親密感を抱くのは、私もまた、鳥の鳴く声や、視界をよぎる鳥影には無心ではいられないからだ。

「旅の歌人」と呼ばれている重之は、筑紫、日向、肥後、但馬、播磨、難波、美濃、陸奥を巡ったことが記録されているが、意外なことに、私の住む信州松本にも足跡が残されている。松本市郊外に位置する美ヶ原温泉の薬師堂の入り口に、『後拾遺和歌集』に採られた重之の歌碑がある。

いづる湯のわくに懸れる白糸はくる人絶えぬものにぞありける

（こんこんと湧き出る温泉の糸枠に掛っている白糸のような湯水は、糸を繰るように、湯浴みに来る人が絶えないものだなあ）

小倉百人一首

風をいたみ岩うつ波のおのれのみくだけてものを思ふころかな

（風がとても強いので、岩に打ちつける波が、自分ばかりが砕け散ってしまうように、私の心も恋の悩みに砕け散るばかりのこの頃です）

46

大中臣能宣《おおなかとみのよしのぶ》（九二一〜九九一）

暮れぬべき春の形見と思ひつつ花の雫に濡れむこよひは

（やがて暮れてしまう春の残していく形見と思いながら、今夜は花の雫に濡れよう）

詞書は「やよひのつごもりがたに、雨のふる夜、春の暮るるを惜しみ侍る心をよむに」とある。春が過ぎ去ることを惜しむ心はしばしば歌の題材になる。紀友則の「しづ心なく花の散るらむ」のように、大抵は散りゆく花が取り上げられるが、この歌のように、桜がまだ咲いている状態を詠むのは珍しい発想だ。それにしても、「花の雫に濡れよう」とは、なんとロマンチックな歌だろう。桜の花の香りを吸い込んだ甘い雫で、衣も花の香りで匂い立つような感じがする。

大中臣能宣は神祇官の祭主を世襲する家筋に生まれ、父頼基と同じ伊勢神宮祭主であり、神祇大副（神祇の祭典を司り、神宮を管理する役所の次官）を兼ねた。大変な要職にありながら文才にも恵まれ、屈指の文人として活躍した。「梨壺の五人」の一人であり、勅撰入集は一二〇首もある。子の輔親、孫の伊勢大輔［56番］も優れた歌人である。

名前と経歴からすると、少し堅苦しい人物と思っていたが、掲出歌のような艶のある詠いぶりを知ると、情趣を解する人物というイメージに変わってしまった。能宣には隠された裏の姿があるのではないだろうかと疑っていたところ、掲出歌よりもっと艶のある歌を見つけてびっくりした。

かくばかり寝であかしつる春の夜にいかに見えつる夢にかあるらむ

（あのように二人で一睡もせず明かした春の夜であったのに、どうしてあんな夢を見ることができたのでしょうか）

こっちが恥ずかしくなるぐらい濃密な歌だ。寝ていないのに夢を見たというのだ。夢のようなめくるめく激しい情交を回想して、相手の女人に改めて迫っているのだ。真面目な顔をしているくせに能宣はなかなか隅には置けない男である。

梅の花にほふあたりの夕暮れはあやなく人にあやまたれつつ

（梅の花が匂うあたりの夕暮れにあっては、むやみに人の薫香と間違われて、来客があったのかと思い違いをしてばかりいる）

「あや」をわざと重ねて滑稽さをだして、ユーモアも忘れない堅物の能宣なのであった。

小倉百人一首

みかきもり衛士のたく火の夜はもえ昼は消えつつものをこそ思え

（御所の門を守る衛士が焚くかがり火のように、私の心は、夜はあなたに恋い焦がれ、昼はただ空しくあなたを思っています）

47

徽《き》子《し》女《じょ》王《おう》（九二九～九八五）

琴の音に峰の松風かよふらしいずれのをよりしらべそめけむ

（琴の音に、峰の松風の音が通い合っているらしい。この音色はどの琴の緒から奏で出て、どの山の尾から響き始めて、ここに相逢ったのだろう）

「を」は、琴の「緒」と山の「尾」の掛詞である。作者が夜琴を弾いていると、その音が空の上で山の松風と混じりあって玄妙な響きとなって、自分が奏でた音とも聞こえない。いずれの「緒」から、いずれの「尾」から響いているのだろうかと訝っているのである。私は実際に、松の梢を吹く風を意識して聴いたことはないが、琴の音が松風と響き合って夜更けに流れてくると、どんなにかもの悲しい風情だろうと想像することができる。

徽子女王は醍醐天皇第四皇子重明親王の子である。母は藤原忠平の娘寛子。八歳の時、斎《いつきの》宮《みや》として伊勢に下る。斎宮とは、天皇に代わって天照大神に仕える最高の巫女で、天皇即位のはじめに未婚の内親王の中から選ばれ、二年間の潔斎ののち伊勢に赴く。任を解かれるのは当代天皇の譲位か崩御による。徽子女王の退下は母の喪によるものであった。その後、自分の叔父にあたる村上天皇に入内、女御となり、規子内親王を生んだ。

徽子女王は琴の名手で、詩才にも恵まれ、勅撰入集は四十五首ある。徽子女王のもとには源順、平兼盛、大中臣能宣などが出入りし、一つの歌壇を形成した。後に、娘の規子が斎宮として伊勢に下るとき、周囲の反対を押し切って娘に同行するという、前代未聞の行動をした。そのときの歌。

世にふればまたも越えけり鈴鹿山むかしの今になるにやあるらむ

（生きながらえた末に再び越えるのだ、鈴鹿山を。昔が今によみがえったのだろうか）

この徽子女王は『源氏物語』の六条御息所のモデルで、娘の規子は秋好中宮のモデルと考えられている。物語の中では「賢木」の章で、六条御息所は徽子女王と同じように、斎宮となった娘に同行して伊勢に行っている。

この人の歌は優艶極まりなく、まるで魂の奥から響いてくるような感じがする。生まれの高貴さや境遇、歌風など、後の世の式子内親王を偲ばせる。

白露の消えにしほどの秋まつと常世《とこよ》の雁もなきてとひけり

（白露が儚く消えた頃の秋が再び巡ってくるというので、常世の国からの旅人である雁も鳴いて訪れたのでした）

父重明親王の喪が明けて後の作である。父の亡くなった秋がまた巡ってきたこの季節に、あの世からの使者として雁が弔いに訪れたと詠っている。

ほのかにも風はつてなむ花薄むすぼほれつつ露にぬるとも

（ほのかにでも風はこの有様を伝えてほしい。穂の出た薄が、風のために靡《なび》きもつれて、露にしとどに濡れていると）

涙に濡れた自分を花薄に喩えている。二度出てくる「ほ」は、薄の「穂」を響かせているのだろう。この歌がきっかけで私は薄に魅せられるようになった。もうすぐ花が開くかどうかという間際の清楚な佇まい。秋風に吹かれいっせいに靡く穂の揺らめき。陽に照らされて空に映し出される白い花の艶やかな輝き。野原や道ばたの薄を、ほとんどの人は気にも留めないが、私はいつも必ず凝視する。十月になると郊外の野原から、花が開いていない薄を十本ほど採ってきて花瓶に入れ部屋に飾る。次々に白い花が開いて変身していく様を見るのは楽しいものだ。

48

藤原義孝（九五一〜九七四）

夕まぐれ木繁き庭をながめつつ木の葉とともに落つる涙か

（薄暗い夕方、木が繁っている庭を眺めながら、散る木の葉とともに落ちる涙よ）

義孝の父藤原伊尹［42番］が亡くなったときの歌である。摂政太政大臣を父に、醍醐天皇の孫娘を母にもつ名門の家に生まれた義孝は、若くしてエリートコースを歩んだが、天然痘のため二十一歳で夭折している。兄の挙賢《たかかた》が朝亡くなり、その日の夕方に義孝が亡くなるという悲劇だった。なお、義孝の子は有名な行成である。行成は、小野道風、藤原佐理《すけまさ》と並ぶ三蹟の一人で、道長の政権を理論で支える官僚になった。

義孝は大変な美貌の持ち主で、『大鏡』には、「ご容姿がことのほか美しく、末の世までもこれほどの人は現れないことでしょう」と書かれている。その美しい容貌でありながら、世間の若公達のように女性と遊び語らうようなことはせず、性格は真面目で道心深く、絶えず法華経を唱えていたという。衣装なども地味でありながら品の良い着こなしをしており、評判が良かった。当時の人々は業平の再来と思っていたのではないだろうか。

宮中の饗宴の席で、鮒の身を鮒の卵で和えた膾《なます》が出され、「母の身を子の卵で和えたものを食べるなんてなんということだ」と涙を浮かべて席を立ったという逸話が残っている。心優しいと言うよりも、むしろ変わり者の部類に入ると思われる。その急逝を惜しまれつつ、多くの人の夢に現れたという伝説がある。たとえば、賀縁阿闍梨《がえんあざり》という僧の夢に現れて、義孝が心地よさそうに佇んでいるので、「母君は最愛のあなたの死を悲しんでおりますに」と義孝に言うと、

時雨とは千草の花ぞちりまがふなにふるさとに袖ぬらすらむ

（現世の貴方たちは私の死を悲しんで時雨のように涙を流していらっしゃるが、極楽では時雨とは花々の散り紛うこと。こんな極楽に生まれ変わった私なのに、ふるさとの母上は何を悲しんでいるのでしょう）

と詠んだ。

この人の歌には、夭折した美貌の貴公子という悲劇的なイメージがあるせいか、清らかな調べの中にも、どこか悲痛な陰が潜んでいるように感じられる。本人が夭折を予感していたかのような歌もいくつかみられる。勅撰入集は二十四首ある。

露くだる星合いの空をながめつついかで今年の秋を暮さむ

（夜露が落ちてくる七夕の空を眺めては悩むのだ、どうやって今年の秋を終わりまで過ごそうかと）

小倉百人一首

君がため惜しからざりし命さへ長くもがなと思ひけるかな

（命など惜しくないと思っていましたが、こうしてあなたと会うことができた今はあなたのためにいつまでも生きていたいと思っています）

49

藤原実方《さねかた》（生年不詳〜九九八）

葉を繁み外山の影やまがふらむ明くるも知らぬひぐらしの声

（葉が盛んに茂っているので、外山の陰の暗さを、夜の暗さと見間違っているのだろうか。朝が明けたのも知らずに鳴いている蜩《ひぐらし》の声よ）

夜がすっかり明けたのに蜩がまだ鳴いているのが訝しく、どうしてだろうかと想像を膨らませている。特に深い意味が隠されているわけではなく、「ひぐらし」に「日暗し」を掛け、日は明るくなったのに、「日暗し」は鳴いているよ、と洒落を言ったのだ。私にとって蜩といえば、少年時代の夏休みが終わる頃の夕方のイメージが強い。神社のある森で遊び回り、薄暗くなってきたのでそろそろ家に帰ろうかというとき、カナカナと鳴く声がもの悲しく響いてくる。夏休みももうすぐ終わるのかと、いっそう寂しい思いが増してきたものだった。しかし、実際には他の蟬よりも早く、七月の早い時期に鳴くニイニイゼミと同じ頃から鳴き始めるらしい。基本的には朝と夕方鳴くが、日の出前・日の入り後の薄暮れ時によく鳴くという。昔の人も、夕方や夜が明けきる前の薄暗さに響いてくる鳴き声にこそ、ものの哀れを感じていたのだろう。

実方は藤原定時の子で、藤原家本流の一員として順調に昇進し、左近中将になった。若くして歌才をあらわし、情熱的な風流才子として名を馳せた。勅撰入集は六十七首にも及ぶ。いろいろな逸話が伝えられているが、行成（義孝の子）との争いは有名である。原因は分からないが、殿上で行成の冠を笏《しゃく》で打ち落として庭に捨てたという。これは、その当時最大の侮辱を意味する。その場面を一条天皇がご覧になっていて不快に思われ、「陸奥の歌枕を見てまいれ」とのお言葉を賜り、陸奥守として左遷された。しかし、信頼すべき資料にはこのような諍いの事実はないと反論する学者もいる。いずれにせよ、この三年後に任地において四十歳前後で没したといわれ、多くの人々がその死を悼んだという。それから二百年経ち、西行が実方のお墓を訪ねて歌を詠んでいる。

朽ちもせぬその名ばかりをとどめ置きて枯野のすすき形見にぞ見る　　西行

（実方中将は陸奥に流され、ここで身は空しく朽ちてしまったが、いつまでも消えない歌人としての名だけはとどめ置き、今、枯野のすすきを形見として見ているのだ）

なお、目崎徳衛は『漂泊——日本思想史の底流』のなかで、「実方は美貌・色好み・漂泊というイメージにおいて、業平と好一対のもう一人の中将である。王朝の花形は、前半期では業平、後半期は実方」とまで評価している。

私は清少納言のファンなので、実方との関係が気になる。『枕草子』を読む限りでは、二人の密接な関係はまったく窺えないが、『実方朝臣集』に「……となつかしう語らいて、人には知らせず絶えぬ仲にて」という記載が見られるので、ある期間、秘密の恋愛・夫婦関係にあったことは間違いないようだ。また、二人の恋愛贈答歌は確かに残されている。清少納言とのひそかな仲が絶え、長く訪問することが無かった後、よそよそしく会話を交わす機会があったが、そ

のとき清少納言に「あなたは私を忘れたのね」と言われて実方が詠んだ歌、

忘れずよまた忘れずよ瓦屋の下たくけぶり下むせびつつ

（忘れないよ、返す返すも忘れないよ。瓦を焼く小屋の下で煙にむせぶように、ひそかな思いにむせび泣きをしながら、あなたのことを変わらず恋しく思っているよ）

清少納言の返しの歌

葦の屋の下たく煙つれなくて絶えざりけるも何によりてぞ　清少納言

（下で燃えている煙が、表面には燃えているとも見えなくて、消えてしまわないのもいったい何がそうさせるのでしょうか）

あのおてんば娘の清少納言が、意外にもしおらしく、素直に恋歌を返しているところを見れば、やはり二人の関係は真剣なものだったことが分かる。

小倉百人一首

かくとだにえやはいぶきのさしも草さしも知らじな燃ゆる思ひを

（これほどあなたを思っているのに、気持ちを伝えることができません。ましてや伊吹山のさしも草が燃えるように、私の思いもこんなに激しく燃えているとは、あなたは知らないことでしょう）

50

藤原道信　（九七二〜九九四）

かえるさの道やは変はる変はらねどとくるにまどふ今朝のあは雪

（帰る道はいつもと違う道でしょうか。いや同じなのに、今朝は淡雪が融けてゆき悩んでいます。あなたが打ち解けた態度を見せてくれたので混乱しています）

「女のもとより雪ふり侍りける日かへりてつかはしける」という詞書の二首のうちの一つで、雪の降る日に女の家を辞してすぐに贈った後朝《きぬぎぬ》の歌である。もう一つの方は小倉百人一首に選ばれた歌だ。

小倉百人一首

明けぬれば暮るるものとは知りながらなほ恨めしき朝ぼらけかな

（夜が明ければ、やがてはまた日が暮れてあなたに会えるものだと分かってはいても、やはりあなたと別れる夜明けは、恨めしく思われるものです）

掲出歌に戻ると、「とくる」は「雪が融ける」と「打ち解けた態度を見せてくれる」との掛詞である。歌そのものは、「あなたとの別れが身にしみて、かなしい今朝の雪道です」と澄ましているが、道信の内心は、きっと嬉しさに舞い上がるほどなのだ。なにしろ、昨夜の相手はこちらの思いにしっかりと応えてくれて、激しい愛を確かめ合ったのだから。
道信の父は太政大臣藤原為光、母は藤原伊尹の娘であるから、名門の家柄の貴公子である。若くして左近衛中将にまで昇進した。『今昔物語』には「容姿と和歌の才は抜群であった」とあり、『大鏡』には「優れた歌詠みの上に人柄がおくゆかしい」と書かれている。惜しいことに、天然痘で二十三歳の若さで夭折している。実方と同じく忠平の曾孫で、中将という身分も同じく、藤原実方とは特に親しく友情が厚かった。二人で祭りの舞人を務めたり、一緒に宿直の部屋へ泊まり込んだりした。道信が亡くなったとき、親友の実方が哀傷歌を詠んでいる。

見むといひし人ははかなく消えにしをひとり露けき秋の花かな　　藤原実方

（一緒に見ようと言い交わした人は儚くこの世から消えてしまったのに、独り残って露に濡れている秋の花であるよ）

道信の歌風は優雅で、そのなかに、ある諦観が漂っているのが特徴だ。夭折の作者としては、叔父にあたる義孝と並び心に残る歌人である。勅撰入集は四十八首ある。
「女のもとにまかりて、月の明く侍りけるに、空のけしき物心細く侍りければよみ侍りける」という詞書で、

この世にはすむべきほどや尽きぬらむ世の常ならず物のかなしき

（現世で心穏やかに過ごせる時間が尽きたのでしょうか。尋常でないほど悲しい気持ちです）

朝顔を何はかなしと思いけむ人をも花はさこそ見るらめ

（朝顔の花をどうして儚いなどと思ったのだろう。人のことだって、花は儚いと見ているだろうに）

いずれの歌も、夭折した作者と重ね合わせて鑑賞すると、寂しさとは違った、孤独で哀切なものが籠っているように感じられるのである。

51

藤原道綱母（生没年不詳）

たえぬるか影だに見えば問ふべきを形見の水は水草《みくさ》ゐにけり

（あの人との仲は絶えてしまったのでしょうか。せめて水に面影だけでも見えれば、問いただすことができようものを、形見に残っていたゆするの水には、もう水苔が生えて姿も映りません）

夫・藤原兼家と言い争いをし、兼家は家を出てしまう。そのまま五、六日訪れがなく心細く思っていると、兼家が出て行った日に使った「ゆするつき」（鬢《びん》をなでつけるための水を入れる容器）の水はそのままになっていた。水苔が生えてしまうぐらい長い時が流れてしまったのよ、と嘆いているのだ。

藤原道綱母は宮仕えをしていないので、清少納言や赤染衛門のような名前はない。六十歳ぐらいに没したという。父は伊勢守藤原倫寧《ともやす》でそれほど身分の高い出身ではない。道綱母は小野小町、衣通《そとおり》姫と並んで本朝三大美人の一人に挙げられている。衣通姫は五世紀の允恭《いんぎょう》天皇の皇后とも皇后の子とも言われている伝説上の姫であるから、あまり比較対象にはならない。つまり、道綱母は小町と並び称される日本を代表する美人なのである。藤原伊尹の弟で後に関白太政大臣になる藤原兼家に見初められ、第二夫人となった。

道綱母は有名な『蜻蛉日記』の作者である。二十歳頃兼家と結婚してから二十年間の夫婦生活が描かれている。多くの妻たちの中にあって、夫の足が遠ざかることによる悲哀や嘆きや嫉妬などが満載の内容である。掲出歌も小倉百人一首歌も、この『蜻蛉日記』の中で詠われている。私はこんな本を読むのはまっぴらごめんだが、平安女流文学のさきがけとして文学史的に大変価値のあるものだ。時代的には『源氏物語』や『枕草子』の一世代前ということになる。具体的に述べると、紫式部と清少納言はそれぞれ彰子と定子に仕えたが、その親はそれぞれ道長と道隆である。その道長と道隆の父親が道綱母の夫の兼家ということになる。紫式部と清少納言は筆を執るにあたって、『蜻蛉日記』を意識し、参考にしたことは間違いないと思われる。なお、息子の道綱は道長と道隆の異母兄弟ということになるが、二人の兄弟ほどの栄達ではないにしても、大納言にまで出世している。

勅撰入集は三十七首ある。道綱母の歌のほとんどが夫への非難と嫉妬であるが、なかには哀しみがしみじみと伝わってくる歌もある。

きえかえり露もまだひぬ袖のうへに今朝はしぐるる空もわりなし

（消え入るような思いで夜を過ごし、涙もまだ乾かない袖の上に、今朝は時雨を降らせるとは、空もやるせない）

小倉百人一首

なげきつつひとりぬる夜の明くるまはいかに久しきものとかは知る

（嘆き哀しみながらひとりで夜をすごす私にとって、夜が明けるのがどれほど長く感じられるものか、あなたはいったいご存じなのでしょうか）

52

和泉式部（生没年不詳）

もの思へば沢の蛍も我が身よりあくがれいづる魂《たま》かとぞみる

（恋しさに思い悩んでいると、沢に飛ぶ蛍も私の身体から抜け出してゆく魂ではないかと見えるのです）

男の訪問が途絶えていた頃、京都の貴船神社に参詣し、御手洗川に蛍が飛ぶのを見て詠んだ歌だ。私は貴船には二度訪れ、御手洗川の川床料理を食べたことがある。貴船神社の麓を流れる御手洗川は、いかにも蛍が舞い飛びそうな風情ある清流だ。あらかじめこの歌を知っていたなら、その旅はずいぶん違った感慨を持つことになっただろう。それにしても、「抜け出した魂が蛍になって飛んでいるようだ」などという不思議な感覚の歌はいままで見たことがない。このような比類のない感性と豊かな詩情を持つ歌人は他にいないのではないかと思う。

多くの女流作家の中で、和泉式部は私にとって特別の存在だ。彼女の歌は、妖しくも艶めかしく感じられ、この人の歌に接すると心が融けてしまいそうになる。実は、好きな和泉式部を早く書きたくて、和泉式部の番が待ち遠しかったのである。

和泉式部は大江雅致《まさむね》の娘である。冷泉天皇中宮の昌子内親王に仕え、親子に近い年齢差の橘道貞の妻になり、小式部内侍をもうけた。橘道貞が和泉守であったので和泉式部と呼ばれた。この後の彼女の遍歴が凄い。冷泉天皇皇子為尊親王に見初められ、激しい恋に落ちた。このとき和泉式部は二十七歳、為尊親王は二十二歳ぐらいだったという。この事件は当時ビッグニュースになり世間を騒がせ、夫は彼女を離別し、父親は勘当した。ところが、為尊親王は二年後に亡くなってしまった。その一年もしないうちに、今度は為尊親王の弟の敦道親王と結ばれた。このときのことを書いたのが『和泉式部日記』である。しかし、敦道親王も四年ほどして亡くなってしまう。失意の彼女に生きる場を与えてくれたのが藤原道長で、道長の娘で一条天皇中宮彰子のもとに出仕することになった。その後、今度は道長の家臣で、二十歳も年上の藤原保昌と結婚し、丹後守となった夫とともに任地に下った。保昌とはかなり晩年まで連れ添った形跡がある。帰京後、娘の小式部内侍に先立たれる不幸に遭い、その後の消息は不明である。

多くの人が和泉式部の歌才を絶賛している。たとえば、萩原朔太郎は「韻文作家として中古女流中の第一人者であり、後代にもこれと比肩する人をみない」と評しているし、与謝野晶子は王朝の優れた歌人として、業平、小町、貫之、西行、それに和泉式部の五人を挙げている。田辺聖子は「天才としかいいようがない。王朝期の際立ったきらめきを放つ美しい星である」と絶賛する。私もこれに大賛成である。勅撰入集は二四五首にも及ぶ。好きな歌は数え切れないが、ここでは四首に留める。

白露も夢もこの世もまぼろしもたとえていへば久しかりけり

（白露も夢もこの世も幻も、あなたとの逢瀬の短さに比べれば長く続くものでありました）

上句は儚いと思われるものの例を挙げているわけだが、珠を連ねたような流麗な詩句は、私の心を快く震わせる。

黒髪のみだれもしらずうちふせばまづかきやりし人ぞ恋しき

（黒髪を乱したまま床に打ち伏す。そのとき私の髪をかきやったあの人のことが恋しくてたまりません）

何かに思い悩んでうち伏せた自分を、「元気を出してね」といって慰めてくれた人のことを詠んだような歌では決してない。そうではなく、もっとエロチックな生々しい情景で、具体的に言うのがちょっと憚られるような歌である。

なぐさめて光の間にもあるべきを見えては見えぬ宵の稲妻

（光一閃の間だけでも慰めてくれてよさそうなものですが、稲光は見えても亡き人の姿は見えない宵の稲妻よ）

敦道親王が亡くなった翌年、親王を偲んで詠んでいる。「宵の稲妻」は［40番］源順の歌でも取り上げた私の好きなフレーズであるが、和泉式部が使うとなぜか情趣がより深く感じられる。

つれづれと空ぞ見らるる思ふ人あまくだりこむものならなくに

（つくづくと空が眺められます。恋しく思う人が天から降ってくることなどありはしないのに）

読む者の心をわしづかみにするようなこの感覚は、独自で強烈だ。

小倉百人一首

あらざらむこの世のほかの思いでに今ひとたびの逢うこともがな

（私はもうすぐ死んでしまうことでしょうが、私のあの世への思い出になるように、せめてもう一度なりともあなたにお会いしたいのです）

なお、数年前、京都の寺町通りの三条付近を散策していた折、新京極通の誠心院という小さな寺を通りかかった。なぜか気になって、吸い込まれるように境内に入ってみると、その奥には和泉式部の墓所があり四メートルもの立派な塔が建っていた。毎年、和泉式部の命日に当たる三月二十一日に和泉式部忌が催されるという。和泉式部のファンである私を、彼女の魂が呼び寄せたのではないかと今でも思っている。

53

紫式部（生没年不詳）

北へゆく雁のつばさにことづてよ雲のうはがきかき絶えずして

（北へ帰って行く雁の翼に言付けて、私に便りをくださいよ。雁が雲の上を掻くように、書き絶やすことなく）

紫式部は越前へ、姉妹の契りを結んだ友人は筑紫へ行くことになった。その時、別れを惜しんで詠ったものである。「うはがき」は「上書き」で手紙のこと。雁は便りを運ぶ使いとされていたので、雲の上で羽を「掻く」ことに掛けてこのように詠った。小倉百人一首掲載歌よりも意味が明確であるし、技巧の面でも分かりやすい。しかし、大きな声では言えないが、紫式部は本書の百人と較べた場合、より際立って優れている歌人とは決して言えないのではないだろうか。後に、藤原俊成も「歌詠みの程よりも物書く筆は殊勝の上」と批評している。

紫式部は藤原為時の次女で、藤原兼輔［25番］は曾祖父にあたる。父の為時は文章出身の学者で漢詩文の大家である。紫式部は早くに生母と死別し、越前守となった父の任国に同行した。その後、二十歳ほど年上の藤原宣孝と結婚し、賢子（大弐三位）［54番］を生んだ。結婚して二年後に夫と死別。この頃から『源氏物語』の執筆を始めた。道長の娘で一条天皇中宮の彰子に仕え、五十九歳頃亡くなったという。勅撰入集は六十二首ある。与謝野晶子訳の『紫式部日記』を読むと、自分の性格や能力を謙遜すること著しく、『源氏物語』の大作でさえ少しも自負すべきものとは考えていなかったことに驚く。私生活もいたって地味なもので、道長に言い寄られても聞かなかったと言われているが、恋人であったという説もみられる。

ところで、藤原道長と言えば、

此の世をば我が世とぞ思ふ望月のかけたる事も無しと思へば　藤原道長

（この世は、私の世だと思うよ。今宵の満月のように、欠けるところなく満ち足りていると思えば）

などとうそぶくほど権勢をほしいままにして、あまり良いイメージはないが、日本文学史上大きな貢献をした人物であると言える。道長は当代の一流女性歌人七人を同時期に宮廷内に集め庇護し、才能を発揮させる場を与えた。この中には、紫式部、和泉式部、赤染衛門などがいたのである。

ここで『源氏物語』を取り上げないわけにはいかない。『源氏物語』は現代においても日本女流文学の最高峰といえるだろう。世界最初の長編小説としても世界的に評価されている。この辺のところは渡部昇一著『日本人論』に詳しい。要約すると、第一次世界大戦後英国で、アーサー・ウェイリーが『源氏物語』を翻訳してから注目を浴びるようになった。その頃、プルーストの『失われた時を求めて』が発表され、世界二大小説と言われるようになった。英国で女性小説家が現れるようになったのは主に十九世紀のことであり、文明国として最も水準の高い国とみなされていた英国よりも、日本が八百年も先駆けていたのである。ウェイリーは『源氏物語』の翻訳をきっかけに日本の文化を研究し、「日本文明の独自性」という論文で、日本は一つの文明圏であると言った。その後、サミュエル・ハンチントンが『文明の衝突』で、世界の文明を八つに分け、日本を一つの文明圏と見なしたのである。この中で、一つの国が一つの文明圏と見なされたのは日本だけである。このように、世界で日本の独自性が認められるようになった最初のきっかけとなったのが『源氏物語』だったのだ。

私は日本人として、この小説を読まずには死ねないと思い、数年前に現代語訳本を読んでみた。最も格調高いと言われる谷崎潤一郎と、古典解釈で私が最も信頼している田辺聖子の本だ。谷崎潤一郎訳本は現代語訳とはいっても、それ自体がまるで古典を読むような古めかしい文体なので、途中で幾度も挫折しかけた。それだけに、読了後の達成感と感動はひとしおであった。

谷崎潤一郎訳本の最大の特徴は、和歌が原文のまま掲載されていることだ。『源氏物語』に掲載された八百首もの和歌が、多くの名場面を創出している。登場人物の身分、性格、教養にそって読み分けられており、同じ人物でも年を重ねるにしたがい詠風を変えてリアリティーを出している。その中で私が最も感動したのは、「御法」の章で、光源氏の妻紫の上が逝去する場面で詠われた一首である。

おくと見るほどぞはかなきともすれば風に乱るる萩のうは露

（露が置くと見たところで、しょせん儚い露、ともすれば、ふとした風に当たっただけでもほろ

（ほろと乱れて落ちてしまう萩の上の露です）

病床で、もうすぐ命が絶えてしまうと悟った紫の上が、光源氏に贈った最後の歌である。この期に及んでも、自分がこのまま死んでしまったらこの殿はどんなに悲しんで懊悩《おうのう》されることだろう、と源氏の身の上を案じるのだ。第一夫人としての思いやりと矜持が感じられ、涙なしでは読むことができない。

小倉百人一首

めぐりあひて見しやそれともわかぬまに雲がくれにし夜半の月影

（久しぶりに巡り合った友達なのに、それがあなたかどうかも分からない間に帰ってしまうなど、まるで雲に隠れてしまった夜中の月のようではありませんか）

京都の御所近くにある廬山寺は、曾祖父の兼輔から父の為時へと続く邸宅である。紫式部もここで育ち、大弐三位を出産し、執筆活動を行った場所だという。私が訪れたのは七月だった。境内には白砂と苔の庭があり、一塊の桔梗があちらこちらにばらまかれたように咲き乱れていた。『源氏物語』に出てくる朝顔の花は今の桔梗のことである。ここで源氏物語が書かれたと想像すると、この鮮やかな紫に見入ったまま、しばらくの間動くことができなかった。

54

大弐三位（生没年不詳）

はるかなるもろこしまでもゆくものは秋の寝覚《ねざめ》の心なりけり

（遥かな異土、唐の国までも行くものは、秋の夜、目が覚めて眠りに戻れない時の心でしたよ）

「秋の寝覚」は藤原伊尹［42番］にも出てきたが、西村亨著『王朝恋詞の研究』によると、「寝ざめ」という言葉には二つの意味が込められているという。一つは、単に夜中に目が覚めること。もう一つは、ひとり寝の侘しさのために夜中に目を覚まし、寝られぬままにわが恋の過去・現在・行く末を案じ煩うという内容が含まれるという。この歌では、そのような思いはどこまでも果てしないほど強く、「はるかなるもろこしまでも」という誇張となり、凛然として響き渡る。当時の世界観は日本、漢土、天竺（インド）に限られていたので、唐までというのは最大級の表現だと思われる。歌全体の調べが爽快で、「はるかなるもろこしまでも」と詠い切ったおおらかで力強い響きがなんとも気持ちが良い。後に、定家が本歌取りして次のように詠っている。

心のみもろこしまでもうかれつつ夢路に遠き月の頃かな　　藤原定家

大弐三位は紫式部と藤原宣孝の娘で、本名は賢子《かたいこ》。十五歳頃母を失い、母の後を継いで中宮彰子に仕えた。母の七光りに加え、母譲りの才気と勝ち気、父譲りの美しさと快活さがあったという。藤原頼宗（道長の次男）や藤原定頼ら一流の貴公子に愛され、藤原兼隆（関白道兼の次男）の妻になる。二十七歳頃には親仁親王（後冷泉天皇）の乳母に抜擢された。乳母は母親がわりとなって子育てをする重要な役目である。その後典侍《ないしのすけ》に任ぜられ、女房として最高位の従三位まで栄達した。当時、いわば最高のキャリアウーマンとして活躍していたのだ。三十六歳の時、大宰大弐の高階成章と再婚し、為家を生む。八十四歳ぐらいまで生きながらえたという。勅撰入集は三十七首ある。大弐三位の歌風は母の紫式部と比べると明快な調べで、性格の違いが自然に歌にも表れたのだろう。大弐三位という名前は、夫が大宰大弐に就任したことと、本人も従三位に昇進したことによる。

『新古今和歌集』に採られた、藤原定頼との贈答歌が有名だ。

見ぬ人によそへて見つる梅の花散りなむのちのなぐさめぞなき　藤原定頼

（お逢いしない人、あなたになぞらえて今まで見ていたこの梅の花が散ってしまったら、その後の慰めとなるものはありません）

春ごとに心をしむる花の枝《え》にたがなほざりの袖かふれつる

（春が来るたびごとに、あなたの家の梅の花を心待ちにしてきました。その梅の枝に、どなたがいい加減な袖をお触れになり、移り香を移されたのでしょう）

小倉百人一首

有馬山猪名の笹原風吹けばいでそよ人を忘れやはする

（有馬山のふもとにある猪名の笹原に風が吹くと、笹の葉がそよそよと鳴りますが、そうです、その音のように、どうしてあなたを忘れたりするものでしょうか）

55

赤染衛門（生没年不詳）

さみだれの空だにすめる月影に涙の雨ははるるまもなし

（五月雨の降り続いていた空に、珍しく顔を出し澄み渡る月の光のもとでさえ、私の涙の雨は晴れる間もないのです）

夫・大江匡衡《まさひら》の死を悲しむ歌である。春の清々しい月影と、雨に喩えたおびただしい涙の対比が、哀惜を一層深くしている。大江匡衡は文章博士をつとめた秀才で、仲の睦まじい夫婦であったらしい。内助の功もずいぶんあったという。夫の死を悲しむ歌群の中にある別の歌に、

有明の月は袂になかれつつ悲しきころの虫の声かな

（有明の月の光は涙で濡れた私の袂に流れ流れて、聞くにつけ切ない頃の虫の声であることよ）

「泣かれつつ」と「流れつつ」が掛かっている。流れた涙で袂が濡れ、月の光がその濡れた袂に映っていると見なしている。

赤染衛門は赤染時用《ときもち》の娘だが、実父は平兼盛［35番］と言われている。母は兼盛の種を宿して再婚したらしい。夫・匡衡との間に二子をもうけた。大江匡房［66番］は曾孫にあたる。赤染衛門は道長の室源倫子に仕え、その後その娘の彰子にも仕えた。赤染衛門という奇妙な名前は、父の赤染と、夫の官職が衛門志であったことによる。

当時、和泉式部と並び称される歌人で、勅撰入集は九十七首にも及ぶ。さらに、『栄花物語』の正編三十巻(続編十巻もある)の著者と目されている。これは道長の繁栄を描いた物語で、『大鏡』と対比されるほどの大著である。このように当代屈指の才媛であるが、寛容で思いやりの深い人柄が尊敬された。紫式部、清少納言、和泉式部など周囲の才女たちとの交流も円満で、皆から頼りにされた。家庭内でも慈悲深い母として、いわゆる良妻賢母であった。多くの女流作家のなかで、私は赤染衛門が最も理想的な女人だと思っている。その人柄が歌にも反映しているのか、和泉式部のような強烈な個性や情熱的なきらめきは感じられないが、穏やかで安定した歌風が好ましい。

赤染衛門は「大和心」という言葉を初めて歌に読み込んだ作者である。雇った乳母が博学ではないことを不満に思った夫が、

はかなくも思いけるかな乳もなくて博士の家の乳母せむとは　大江匡衡

(ばかげたことだ、乳も出ず、知識もないのに博士の家の乳母にしようとするとは)

「乳(ち)もなくて」は「乳」と「知」を掛けて、知識がないという意味である。これに対し、赤染衛門が応えた歌が、

さもあらばあれ大和心し賢くば細乳《ほそぢ》に附けてあらすばかりぞ

(それがどうしたの、大和心さえ賢ければ、乳が出ようと出まいと、知識がなくとも、何も困ることはないでしょう)

ここでの大和心というのは、理論や理屈ではない素直な心、純粋な感情を表しているという。ずっと後の本居宣長の時代では、大和心は漢意《からごころ》と対比した用い方をしたが、それとは少し異なるニュアンスだ。

小倉百人一首

やすらはで寝なましものを小夜更けてかたぶくまでの月を見しかな

（あなたが来ないと知っていたら、さっさと寝てしまえばよかったものを。とうとう明け方の月が西に傾くまで眺めてしまいました）

56

伊勢大輔（生没年不詳）

おきあかし見つつながむる萩の上の露吹き乱る秋の夜の風

（夜が明けるまで起きていて、じっともの思いに耽りつつ見つめる萩の花、その花びらの上の露を吹き乱す秋の夜の風よ）

「もの思ふことありけるころ、萩を見てよめる」という詞書があるように、恋の悩みに夜通しもの思いに耽っていたのであろう。いつのまにか夜が明けてきたが、まだ薄暗い暁闇であるから、萩の花の露などははっきりと見えるはずがなく、「見つつながむる」ように、じっと萩を凝視し続けていたにちがいない。花びらの上に置かれているであろう白露が、夜の秋風のために儚く散り乱れてしまうことを想像しているのだ。その見えるか見えないかの儚い白露は自分なのである。

伊勢大輔は神祇伯大中臣輔親の娘で、大中臣能宣［46番］の孫にあたる。代々伊勢神宮祭主の家系で、祖父も父も名歌人として誉れ高い。伊勢大輔の三人の娘は歌人になり、特に康資王《やすすけおうの》母《はは》が有名だ。伊勢大輔は中宮彰子に仕え、後に高階成順《なりのぶ》と結婚した。『古本説話集』には、夫は「いみじうやさしかける人」と書かれている。伊勢大輔は美貌の人で、良い家庭に恵まれ、歌人としても成功し、晩年は白河天皇の教育係を勤め、七十過ぎまで長生きしたという幸せな一生を送った。勅撰入集は五十一首ある。

有明の月を擬人化して読んだ二首に惹かれる。

有明の月ばかりこそ通ひけれ来る人なしの宿の庭にも

（有明の月だけは通ってきました。訪れる人のいない宿の庭にも）

なき数に思ひなしてやとはざらむまだ有明の月待つものを

（大勢の人が疫病で亡くなりましたが、私もその中に入っていると思って、あなたは訪れないのでしょうか。私はまだ生きていて有明の月を待ち、お便りも待っているではありませんか）

和泉式部との友情を示した逸話が好きだ。中宮彰子に仕える女御には紫式部や赤染衛門など多くの女流作家がいた。伊勢大輔が新参として出仕し、仕事にも慣れ歌人としても有名になった頃、新しく和泉式部が出仕してきた。その当日、二人は非常に気が合い、夜通し語り明かしたという。朝になり局《つぼね》に帰ると、和泉式部から歌が届いていた。

思はむと思ひし人と思ひしに思ひしかとも思ほえしかな　　和泉式部

（仲良くなりたいと思える人だなと思っていましたが、お会いしてみたら思った通りの人だったと思いました）

伊勢大輔の返歌、

君をわれ思はざりせばわれを君思はむとしも思はましやは

（私こそあなたのことを考えていたのです。そうでなければ、私があなたのことを気にしているとはお気づきにはならなかったのでは）

天才と秀才の間では、「思う」という言葉だけで、これほど深みのある内容の歌が交わされるのである。

小倉百人一首

いにしへの奈良の都の八重桜けふ九重ににほひぬるかな

（昔、奈良の都で咲き誇っていた八重桜が、今日はこの宮中で、いっそう美しく咲き誇っているではありませんか）

この歌には、あまりにも有名なエピソードがある。奈良の興福寺から八重桜が献上され、儀式として、使者から桜を受け取る役が紫式部に決まっていた。殿上人が集まり、道長も同席し晴れがましい舞台である。ところが、紫式部は「今年のお取り次ぎは、新しくいらしたかたにどうぞ」といって、新参の伊勢大輔に譲ったのである。皆が注目する中、「いにしへの」という名歌を即詠し、一躍歌上手と賞賛され名を挙げたのである。一つの歌が人生を大きく開くほどのきっかけとなった良い例であろう。

57

清少納言（生没年不詳）

これを見よ上はつれなき夏草も下はかくこそ思ひみだるれ

（これを見てください。上葉は何ともない夏草も、下葉はこんなに色が変わるほど思い乱れているのです）

水無月の頃、萩の下葉に付けて、ある男に贈った歌である。萩の下葉は、萩の下の方に繁っている葉のことで、花に先立って黄染することがあるという。上葉は何ともなく普通に繁っているが、下葉は人知れず色が変わるほど思い乱れているのですと、忍ぶ恋を託している。この歌が詠われた時期を検討すると、当時陸奥守であった藤原実方［49番］に贈ったものであることが分かる。やはり、噂通りこの二人は真剣な恋をしていたのである。

清少納言は清原元輔［37番］の娘で、深養父［33番］の曾孫にあたる。歌人の名門家系に生まれた清少納言は、生来才気煥発で豊かな教養を身につけた。特に、中国の詩文の知識が深く、機智に富んだ会話を得意とした。橘則光と結婚し、則長を生んだが離別し、二十八歳の時、一条天皇中宮定子（関白藤原道隆の娘）のもとに宮仕えをした。このとき定子は十七歳で、美しくて聡明ですばらしい女性であった。清少納言はその定子の恩寵をこうむり、明るい性格や才能を愛された。やがて、『枕草子』を執筆するようになり、宮中で評判になった。しかし、定子は二十四歳の若さで亡くなり、清少納言もその頃宮仕えを退いたと言われている。その後、藤原棟世と結婚し、重通と小馬命婦を生んだ。以後の生涯は不明な点が多く、六十歳ぐらいに没したと言われている。

散文的才能は天才的であったが、それに比べると和歌の才は劣っていることを自分でも自覚していたらしい。父元輔に対し常にコンプレックスを抱いていた。ある時定子が、歌の席に清少納言がいないのを知って、

元輔が後といはるる君しもやこよいの歌にはづれてはをる　　中宮定子

と詠んだのに対し、清少納言の返歌、

その人の後といはれぬ身なりせばこよいの歌はまづぞよままし

（大家である元輔の娘という身でなかったなら、今宵の歌の会には喜んで出席して、まっさきに歌を詠むことでしょう）

『枕草子』は、『方丈記』『徒然草』と並んで日本三大随筆と呼ばれている。私が読んだ島内祐子訳の現代語訳が秀逸であった。難語の説明は訳文の中に溶け込ませたいという著者の方針で、あの煩わしい語注がなく、とても読みやすく分かりやすかった。『枕草子』には清少納言の人間性が如実に表れている。自然や人物に対する鋭い観察眼があり、独特の感性を備えていると思われる。特に、小さな何でもなさそうな対象に焦点を当て、美しさや面白さを感じ取り、ひとり心の中で感動するのだ。このような小さな喜びと感動の連続が人生を豊かにするのではな

いだろうかと考えさせられ、私も清少納言の真似をしたいと思っている。『枕草子』には、自分の優れた教養で男たちをやり込めたことを自慢するような天真爛漫さもみられる。その相手が、行成・斉信・公任・俊賢の「四納言」とうたわれた俊才貴公子であるところに自信の高さがうかがえる。さらに、定子との間には友情といってもよい強い信頼関係も描かれている。「三月ばかり物忌しにとて」の章段に、宮仕えに出たばかりの頃、物忌みで知り合いの家にほんの少しの間滞在していた時、定子が清少納言に贈った歌、

いかにして過ぎにしかたを過ぐしけむ暮らしわづらふ昨日今日かな　　中宮定子

（あなたがいない今、どうやって過ぎ去った日々をやり過ごしてきたのでしょう。日暮れまで時間を過ごすのに苦労する昨日今日ですことよ）

それに対する清少納言の返歌、

雲のうへも暮らしかねける春の日をところがらともながめつるかな

（今私が訪れている物忌みの場所柄のせいか、春の長い一日を寂しく過ごしていますが、雲の上のような宮中でも中宮様が退屈で暮らしかねているとは思いもよりませんでした）

翌日参上すると、定子が「『暮らしかねける』なんて、私が苦しんでいるなどと勝手に想像するとは、なんて憎らしい人でしょう」と、冗談を言って笑った、ということだ。

お互いにライバル関係と目される紫式部の清少納言評は辛辣だ。「才を鼻に掛けてですぎる

方の代表的な女である。あれほど漢学の素養のあることを自慢にして書いた文章もよく見れば、まだ半可通であることが多い」と述べている。しかし、私はちょっと根暗な紫式部よりも、清少納言の方に好意を持っている。少々やんちゃだが、明るいところがいい。こんな妹や女友達がいたらよかったと思うことがある。

小倉百人一首

夜をこめて鳥の空音ははかるともよに逢坂の関はゆるさじ

（夜の明けないうちに、鶏の鳴き声を真似て夜が明けたとだまそうとしても、あの中国の函谷関ならいざ知らず、あなたと私の間にあるこの逢坂の関は、決して開くことはありません）

58

藤原定頼（九九五〜一〇四五）

水もなく見えこそわたれ大井川峰の紅葉は雨と降れども

（大井川は見渡す限り水がないように見えるよ。岸に生えている木々から紅葉は雨のように降っているのに）

一条天皇が大井川（桂川の上流で嵐山のあたりを流れる川）に行幸したとき、紅葉の歌を歌人たちに詠わせた。定頼も詠うことになっており、その順番がきたとき、父の藤原公任は、まだ少年の息子のことが心配で、どうか良い歌を詠ってくれるようにとハラハラして見ていた。「水もなく見えこそわたれ」と詠われるのが聞こえてきた。公任は「おいおい、満々たる大井川を前にして、『水もなく』とは何ということを言うのだ、ああもうだめだ」と顔色を変えてうろたえた。しかし、下句が読み上げられると周囲から感嘆の声が上がったので、公任パパは嬉しさをこらえきれず会心の微笑を漏らしたという逸話がある。川面が紅葉でいっぱいに覆われていて、水が流れていないように見えると詠ったのである。意表を突く出だしも、「見えこそわたれ」とおおらかに詠いきった潔さも、あっぱれだ。

定頼は藤原公任の長男である。公任はその当時随一の文化人であり、歌論家としても有名で、あの三十六歌仙を選んだ人物だ。紫式部でさえ彼の前で歌を詠うのは緊張したというほどの大御所だった。公任は小倉百人一首に選ばれるほどの歌人だが、言葉や発想がごく常識的で、歌意も言葉の流れ通りに理路整然としてあまり面白味がない。私にはどうも魅力的な歌人とは思えないのである。

定頼は権中納言、正二位まで出世した。和歌だけではなく、書道や誦経にも優れた才能を示し、容姿端麗だった。勅撰入集は四十五首ある。公任自慢の息子で、親が自ら「みめ、容貌、心ばせ、身の才いかでかありけれ」とまで言うほどの親ばかである。

和泉式部の娘・小式部内侍との間に有名な逸話がある。ある歌合が催される前、その歌人に選ばれていた小式部内侍の局の前を通った時、「お母上の和泉式部がいる丹後に、手紙は出しましたか。歌のご指導のお返事は届きましたか」とからかった。小式部内侍はお待ち下さいと引き留め、とっさの機転で、

小倉百人一首

大江山いく野の道の遠ければまだふみも見ず天の橋立　小式部内侍

（母のいる丹後の国へは大江山を越え、生野を通って行かなければならない遠い道なので、まだ天橋立へは行ったことがありません。ですから、そこに住む母からの手紙など、まだ見ようはずもありません）

と詠んだところ、定頼は返歌もできず逃げてしまったという。このような面目ない逸話が残ったのは、定頼にはかわいそうな気もする。おそらく、定頼自身も偉大な父公任から歌作りを手伝ってもらっていたのではないだろうか。「あなたも僕ちゃんと一緒だね」と言って近づこうとして、逆に見事な歌を返されたため、逃げるほかはなかったのだろう。しかし、これがきっかけで二人は懇ろになったらしい。小式部内侍のほか、大弐三位や相模とも恋人関係になってい

るので、ずいぶんとモテる男なのだ。
定頼の世間での評価は極めて厳しい。性格は軽率で、平気で遅刻をして、挙措に落ち着きがなく、とかく人の非難を受けた。藤原道長は衆人の前で「天下懈怠白物」、つまり怠け者で愚か者だと口を極めて悪言を吐いたという。しかし、作歌の才能は抜群なものがあった。

つれづれとながめのみするこの頃は空も人こそ恋しかるらむ

（手持ちぶたさにじっと空を眺めてばかりいる今日この頃、こんなに雨ばかり降る時節は空の方も人が恋しいらしいですね）

毎日雨のふる頃、恋人に贈った歌である。雨を天の涙と見なし、空も人を恋しがっていると詠んだ。下句は定頼が得意とする、逆転発想の妙が感じられる。

小倉百人一首

朝ぼらけ宇治の川霧たえだえにあらはれわたる瀬々の網代木

（夜が明ける頃、宇治川に立ちこめた川霧が切れ切れに晴れてきて、瀬ごとに立っている網代木が次第に現れてくるのが見える）

美しい叙景歌で、『源氏物語』の宇治十帖が思い浮かぶ。小倉百人一首のベスト一〇に入る秀歌である。

59

相模（生没年不詳）

稲妻は照らさぬ宵もなかりけりいづらほのかに見えしかげろふ

（近頃、稲妻が光らない夜とてないことよ。それにつけても、どこに消えてしまったのだろう、ほのかに見えたあの陽炎は）

一見すると自然を詠じた歌で、上句と下句があまり関係ないようにも感じられる。しかし、「かげろふ」は恋人の面影を比喩したものだろう。恋歌であることは、この歌が『新古今和歌集』の恋五に収載されていることからも分かる。稲妻は毎夜現れるのに、昔少しの間愛し合ったあの人はどうしてしまったのだろう、と嘆じているのである。稲妻も陽炎も儚いものの喩えで、

『古今和歌集』恋一・読人しらず

秋の田の穂の上を照らす稲妻の光のまにもわれや忘るる

『拾遺和歌集』恋二・読人しらず

夢よりもはかなきものはかげろふのほのかに見えし影にぞありける

とある。稲妻が秋のもので、陽炎が春のもの、という対比も面白い。

相模は源頼光の娘である。頼光は源氏武士団を率い、道長に仕えた大富豪である。大江公資《きんより》

が相模守だったときに妻になったので、相模という名で呼ばれた。相模国へは夫婦で下向したが、公資との関係は破綻し、藤原定頼［58番］と恋愛関係に陥る。公資と結婚する前には、清少納言の息子の橘則長と関係があったともいわれている。いろいろ調べていると、このような事実が出てきて、意外な人間関係の一端が窺え、清少納言とは接触があったのだろうかなどと想像が膨らんでくる。多くの恋愛遍歴や小倉百人一首の歌などから憶測すると、妖艶な大人の女性像が浮かんでくる。ちょっとやそっとのことでは太刀打ちできないような成熟した女人のしたたかさも感じられる。

相模は一条天皇第一皇女・脩子《しゅうし》内親王のもとに、後に後朱雀天皇第三皇女・祐子内親王のもとに出仕した。当時歌壇の第一人者として名声が高まり、和泉式部や能因法師らと交流を持った。勅撰入集は一〇八首もある。

手もたゆくならす扇のおきどころ忘るばかりに秋風ぞ吹く

（手もだるくなるほど使い馴らしてきた扇の置き所を忘れてしまうほどに、涼しい秋風が吹いています）

この歌も歳時を詠っているようで、そうではない。「秋」は「飽き」との掛詞で、「扇《あうぎ》」も「逢う」に掛かっている。つまり、かつては恋人がせっせと通ってきたのに、今は飽きられて秋の扇のように忘れられてしまった。どうやら、住まいも覚えていないらしい、という意味である。

小倉百人一首

恨みわびほさぬ袖だにあるものを恋にくちなむ名こそ惜しけれ

（あなたの冷たさを恨み、流す涙で乾くひまもない袖でさえ口惜しいのに、この恋のために、つまらぬ噂で私の名が落ちてしまうのは、なんとも口惜しいことです）

60

行尊（一〇五五〜一一三五）

木の間洩るかたわれ月のほのかにも誰かわが身を思ひいづべき

（木の間を漏れてくる半月の光のように、たとえほのかにでも、都にいる誰が私のことを思い出してくれるだろうか）

詞書には「山家にて有明の月を見てよめる」とある。「有明の月」は和歌によく出てくるが、陰暦二十日以降の月で、月の出が遅く、明け方まで空に残るのでそう呼ばれている。「かたわれ月」は半月のことであるから、月光はなおさら淡く、確かに「ほのか」な月なのだろう。

行尊は一言で言えば、大僧正まで上り詰めた修験者である。三条院の曾孫にあたり、参議源基平の三男である。祖父にあたる敦明親王は、全盛期の道長によって皇太子から無理矢理退位させられた小一条院のことであるから、不運の系譜の出身だ。十歳で父を亡くし、十二歳で出家し、成人してからは修験道に入った。修験者は一般的に山伏と呼ばれ、絶食しながら道もない山を登ったり、山に籠って滝に打たれたり、断崖絶壁から逆さ吊りになったりする苦行を積んで、ある種の験力を身につける。行尊は白河・鳥羽・崇徳三帝の護持僧（加持祈祷によって病や災難を癒やし祓うもの）となり人々から尊崇された。もともと皇族で教養も高く和歌の才能もあった。命を削るような厳しい修行に耐えながら、人の心の弱さや己の孤独を歌にした。勅撰入集は四十九首ある。八十一歳で亡くなったが、最期は阿弥陀如来の前で念仏を唱えながら目を開けたままの姿で亡くなったという。生き様も死に様も見事と言わざるをえない。
　このような経歴を持つ高僧の作としては、掲出歌はあまりにも柔らかい詠いぶりだ。「かたわれ月」「ほのかにも」「思ひいづべき」という詞が続くと恋愛歌に間違いそうになるが、弱々しさは微塵も感じられない。厳しい修行中の行尊にとっては、このわずかばかりの儚い月の光でさえ身に沁み、慰められたのだろう。

小倉百人一首

もろともにあはれと思へ山ざくら花よりほかにしる人もなし

（私がおまえを愛しむように、おまえも私を愛しいと思ってくれよ、山桜。おまえの他には私を知る人は誰もいないのだから）

　この歌も掲出歌と同様に、山中での孤独な修行中、俗界を離れた身でありながら、人としての情を捨てきれず、人恋しさや自然の賛美を素直に詠い上げている。修業時代の歌をもう一つ挙げれば、

春くれば袖の氷もとけにけりもりくる月のやどるばかりに

（冬の間、孤独な修行の辛さに涙で濡らした袖は氷が張っていた。それも春になったので、やっと溶けたなあ。庵の屋根の隙間を漏れてくる月を映すほどに）

出家していながら、花を愛で月を愛し、自然の美しさを賛美した歌人、といえば、あの西行が頭に思い浮かぶが、まさにこの行尊こそ、西行の半世紀前の大先輩なのであった。

61

周防内侍（生没年不詳）

恋わびてながむる空の浮雲やわが下燃えの煙なるらむ

（恋の辛さに耐えかねて空を眺めると、浮雲がひとひら漂っていく。あれは、人知れず恋に身を焦がす私から出た煙なのかしら）

昔は、煙が空に昇って雲になると考えられていた。その雲は、死者を葬った煙を意味することが多いが、この歌では「したもえのけぶり」すなわち、心の奥底でひそかに燃える恋の炎のことを表している。この歌は発表当時から秀歌と評され、周防内侍は「下もえの内侍」と異名を取った。この歌を口ずさむとき、調べの流暢さがなんとも心地よい。

周防内侍は本名平仲子。父の平棟仲は周防守などを歴任し、歌人としても知られていた。周防内侍は後冷泉、後三条、白河、堀河の四朝にわたり五十年近く宮仕えを続けた。現代で言えば高級官僚のキャリアウーマンである。歌人としての信頼も厚く、多くの歌合に出席している。勅撰入集は三十五首ある。

同じ雲でも、恋の炎の煙ではなく、葬った方の煙の意味の歌も詠んでいる。

かくしつつ夕べの雲となりもせばあはれかけても誰かしのばむ

（こんなふうに孤独な境遇で夕べの雲のように儚く死んでしまったら、いったい誰が心にかけて

偲んでくれるのでしょうか）

晩年に、住み慣れた家を離れるとき、柱に書き付けた歌が残っている。

住みわびて我さえ軒の忍草しのぶかたがたしげき宿かな

（この家にはもう住んでいられず立ち去ることになりました。古家の軒端には忍草が生えると言うけれど、私も軒の忍草。しのぶと言えば、いろいろ懐かしいことの多い家でありましたよ）

鴨長明の『無名抄』によると、手放した家は京都冷泉堀河に何十年も荒廃したまま残って、柱には確かにその歌が書き付けられてあった。そこは一種名所旧跡のようになって、後の歌人たちが訪れたという。かの西行も訪れ、『山家集』に歌を残している。

いにしへはついゐしやともあるものをなにをか今日のしるしにはせん　西行

小倉百人一首

春の夜の夢ばかりなる手枕《たまくら》にかひなくたたむ名こそ惜しけれ

（春の夜の儚い夢のように、あなたの腕を枕にしたりして、それでつまらない噂が立つことにでもなれば、あなた様にとって、それがまことに残念なのです）

詞書によると「ある年の二月の月が明るい夜、二条院に人々が集まって、夜遅くまでみんなで語り明かしていました。遅い時間になって周防内侍が、壁にもたれて『枕がほしいわ』とつぶやいたら、大納言藤原忠家が、すかさず簾の外から腕を差し入れてきたので、即興で詠んだ歌」とある。解説本の多くは、自分の名が惜しくて残念だ、と解釈しているが、そうではなく、名が惜しいのは自分ではなく大納言の方である、と私は考えている。一瞬で相手の面目を保つことに成功した知的で艶のある歌であると思う。

62

能因（九八八～没年不詳）

山里の春の夕暮きてみればいりあひの鐘に花ぞ散りける

（山里へ春の夕暮れに来てみれば、山寺の晩鐘の響きとともに桜の花が散るのであった）

入相の鐘は日没時に撞く鐘のこと。のんびりとおおらかで、なんとも心が温かくなるような歌である。のどかな春の一日の終わりと、春の終わりの散る桜とうまい具合に重なり合っている。このような歌は僧侶の作とも思えないが、能因も行尊と同じように、あの西行の先輩格にあたる漂泊の歌人なので、なるほどと思う。能因は全国を行脚し、その規模は後の西行や芭蕉をはるかに凌ぐという。そもそも、西行が出家をして陸奥へ旅したことも、能因を敬慕して彼の足跡を追うためのものであった。五百年後の芭蕉も能因を尊敬し、「能因がずだの袋をさぐりて、松島・白河におもてをこがし」と、『幻住庵記』に書いている。

能因は俗名が橘永愷《ながやす》。近江守橘忠望の子である。平安時代の大学である大学寮で学問を学び、優秀な人しかなれない文章生となるが、二十六歳の時出家して摂津国に住んだ。僧としては栄達を望まず、全国を行脚する漂泊の人生を送った。歌は藤原長能《ながとう》に弟子入りし師弟関係をつくった。和歌を「歌道」ととらえた最初の人物である。なお、長能という人は藤原道綱母［51番］の弟である。能因は六十過ぎに没したという。勅撰入集は六十六首ある。

都をば霞とともに立ちしかど秋風ぞ吹く白河の関

（春霞が立つとともに都を発って来たけれど、白河の関ではもう秋風が吹いているのだ）

能因の代表作の一つに挙げられている歌だ。『古今著聞集』によると、この歌は都にいるときに詠んだ歌だという。しかし、それでは値打ちがないと思い、人知れず家の中に籠り、顔だけは日に焼けて黒くしてから、「陸奥に修行に出て詠んだものです」と披露したという。これが本当なら、いくらなんでもやり過ぎだと思うが、能因は実際には幾度も陸奥へ旅したことは明らかであるので、その逸話が事実かどうかは疑わしい。また、『能因法師集』には馬にかかわる作が異常に多く見られることから、能因は馬の交易のために諸国を遍歴したのではないかという説もある。『吾妻鏡』によると、源頼朝が奥州征伐で白河の関を通ったとき、皆の前でこの歌を詠み上げたという。「誰かこの歌を知っているものはいるか？」と頼朝が聞いたとき、梶原景季《かげすえ》だけがこの歌を知っていて、この歌をふまえて、

秋風に草木の露をはらわせて君がこゆれば関守もなし　　梶原景季

と一首奉った。これは、頼朝様が無血進軍して白河の関をお通りになる、という意なので、頼朝は大変喜んで五百町歩の土地を景季に与えたという。このような逸話がこの歌をさらに有名にしたようだ。

小倉百人一首

嵐吹く三室の山のもみぢ葉は竜田の川の錦なりけり

（嵐が吹き散らした三室の山の紅葉の葉が、龍田川に一面に散っているが、まるで錦の織物のように美しいではないか）

63

良暹《りょうぜん》（生没年不詳）

たづねつる花もわが身も衰えて後の春ともえこそ契らね

（訪ね求めてやってきた桜も、このわが身も、共に衰えて、この先の春また逢うという約束もできない）

詞書は「雲林院のさくら見にまかりけるに、みなちりはてて、わずかに片枝にのこりて侍りければ」とある。雲林院は京都柴野にある寺で、もとは淳和天皇の離宮だったが、その後仏寺となり、遍昭や素性法師などが住持を勤めた、桜の名所である。散り残ったわずかな桜の花を、老いさらばえて後どれだけ生きられるか分からないわが身に喩えて、次の春に再び桜を見ることができようかと嘆いているのである。その気持ち、還暦をはるかに過ぎた私には、分かる。当時の定めなき世の中では、なおさらそうであろうと思われる。

良暹は出自不詳で、その生涯は明らかではない。母は藤原実方家の童女白菊とする説がある。比叡山の天台僧、祇園社（今の八坂神社）の別当になり、大原に隠棲した。晩年は雲林院に住んだ。六十五歳ぐらいに没したという。勅撰入集は三十二首ある。

能因、良暹と続くと、似たもの同士という印象を持つ。両人とも同世代の人で、前者は漂泊の歌人、後者は隠棲の歌人といえる。二人に共通するところは、出家していても仏教に深く帰依したわけではなく、決して俗界を捨ててはおらず歌道に励んだことである。平安時代の半ばを過ぎると、都を離れて自然豊かな山里で暮らす生活に憧れる人が多くなってきた。良暹はそのはしりのような人で、王朝の雅から中世の侘び・寂びの美意識への転換を象徴する歌人と言える。次の時代の歌人たちにも尊敬された。たとえば、藤原俊頼が大原に遊んだとき、「この所は良暹が旧坊なり、いかでか下馬せざらんや」と馬を降りて敬意を表し、同行の人々も感動して彼に倣って馬を降りたという。能因よりも地味な雰囲気を持つこの良暹に、私はあまり注目していなかったが、次のような歌をみると、なかなか魅力的な歌人に思えてくる。

さ月やみ花橘に吹く風は誰が里までか匂ひゆくらむ

（五月の闇夜、橘の花を吹いて過ぎる風は、誰の住む里まで匂いを運んでゆくのだろうか）

五月闇とは陰暦五月の夜の闇のことで、木の葉が重なり合うことと、長雨の季節などが重なって闇夜が多い。五月闇といえば、いかにも忍者が跳梁《ちょうりょう》しそうな深い闇を私は想像する。

板間より月のもるをも見つるかな宿は荒らしてすむべかりけり

（板の隙間から月光が漏れるのを見たことだ。庵はこのように荒らして住むのがよかったのだ）

荒廃した家でこそ、月光の侘びた風情を味わえると言っている。荒廃の中に美を見出し、後の鴨長明の「無常観」へと引き継がれていく。

小倉百人一首

さびしさに宿を立ち出でてながむればいづくも同じ秋の夕暮れ

（寂しさに堪えかねてわが庵を出てあたりを眺めて見れば、そこにもまた寂しい秋の夕暮れの風景が広がっていた）

64

源経信　（一〇一六～一〇九七）

月清み瀬瀬の網代による氷魚《ひを》は玉藻にさゆる氷なりけり

（月の光が清らかに澄んでいるので、網代に寄ってくる氷魚は美しい藻に冴え冴えと光っている氷であったよ）

清新さと凛然たる響きが私の琴線に触れた。網代とは、氷魚を捕るため川に立てた、竹や木を組んだ網状の仕掛けのことだ。氷魚は鮎の稚魚のことで、二、三センチの程度の半透明の魚である。作者の視線は冬の澄みわたる月から川の流れかかる網代に移り、さらにきれいな蒼い藻の中に漂う氷魚を見つめる。月の光にキラキラ輝く氷魚はまるで氷のように儚く美しい。

この歌人、「月」と「氷」の組み合わせが冴えに冴えわたっている。次の歌も掲出歌に負けていない。

雲はらふ比良の嵐に月さえて氷かさぬる真野の浦風

（雲を吹き払う比良山おろしの風に月は皓々と冴えて、氷を重ねるように寄せる琵琶湖の真野の浦風よ）

「氷かさぬる」という言葉が魅力的だ。冷え冷えとした月光を映す波が繰り返し押し寄せることを、こう表した。比良は琵琶湖の西岸の山、真野は真野川が琵琶湖に注ぐ辺りをいう。この二つの歌に出合って、私は経信のファンになった。叙情豊か、冷ややかな感触、怜悧《れいり》、水晶の輝き、泉の煌めき、なぜかこのような言葉の欠片が私の頭の中を飛び回るのだ。

山深み杉のむら立ち見えぬまで尾上の風に花の散るかな

（山が深いので、杉の群立つ林も見えないほど、頂を吹く強い風に花が散るなあ）

後に藤原俊成が『古来風体抄』の中で経信を、「歌の詠みぶりはとりわけ歌の格調の高さを好み、古い姿を好んだ人」と述べている。後鳥羽院も「特に格調が高く、麗しくて、しかも心たくみに見える」と評価している。

源経信は権中納言・藤原道方の子で、源俊頼［67番］の父、俊恵［78番］の祖父にあたる。中世の歌壇の大きな流れを創った親分格の人である。大納言まで昇進し、晩年は大宰権師となり八十二歳にて任地で没した。勅撰入集は八十六首ある。歌人として名声は高かったことはもちろんであるが、博学多才で、詩歌管弦、特に琵琶に優れ、蹴鞠の名手でもあり、有職《ゆうそく》故実にも通じるという、スーパーマンのような人だった。その多芸多才ぶりは逸話にも残っている。白河院が大井川に行幸したとき、漢詩、和歌、管弦の三つの舟を用意し、それぞれに名手を乗せた。経信はわざと遅れて現れ、渚にひざまずき、「いずれの船なりともよせ給え」と言ったという。どの船に乗っても自信があるということであろう。結局、管弦の船に乗り、漢詩と和歌も献上して才能を示したという。過去において、藤原公任もこれと同じような逸話があり、「三船の才」は二人の称号となった。

若い頃、年上の恋人に出羽弁《いでわのべん》（紫式部の同僚）という人がいて、二人の贈答歌が残っている。逢瀬の翌朝、雪が降りしきるなか、出羽弁が経信を見送ったあとに、

おくりては帰れと思ひし魂のゆきさすらひて今朝はなきかな　出羽弁

（あなたを送り終えたら帰って来るように、と思っていた私の魂は、まだ雪の中をさ迷っていて、戻りません。今朝の私は死んでしまったように過ごしています）

経信の返歌、

冬の夜の雪げの空に出でしかど影よりほかにおくりやはせし

（冬の夜の雪模様の空に出て、見送ってくれたことは知っていましたが、あなたの姿ばかりでなく魂までが送ってくれたのでしょうか。知りませんでしたよ）

出羽弁の歌に比べると経信の歌の出来はかなり分が悪い。さすがのスーパーマンも若い頃は年上の出羽弁に押され気味で、たじたじになっているようだ。しかし、女の人にこんな凄い歌を贈られたら、大抵の男は心もとろけてしまうことだろう。

小倉百人一首

夕されば門田の稲葉おとづれて蘆のまろ屋に秋風ぞ吹く

（夕方になると、家の前にある田の稲葉が音をたてて、葦葺きの粗末な小屋に秋風が吹き訪れることよ）

65

祐子《ゆうし》内親王家紀伊（生没年不詳）

小倉百人一首

音にきくたかしの浜のあだ波はかけじや袖のぬれもこそすれ

（有名な高師の浜の波しぶきがかからないようにしましょう、袖が濡れると困りますから。噂に高いあなたのお誘いには心をかけますまい、あとで涙で袖を濡らすといけませんから）

高師の浜は、堺市から高石市にいたる浜で、白砂青松の景勝地であった。今は埋め立てられてその面影はない。「高師」に、評判が「高し」を掛けている。「浜」は「波」「濡れ」と縁語。「かけじや」は、「波しぶきをかけまい」という意味と、「心をかけまい」という意味を掛けている。「あだ波」は、いたずらに立ち騒ぐ波のことだ。

小倉百人一首に採られたこの歌は、「堀河院御時の艶書合《けそうぶみあわせ》」で詠まれた。艶書合とは、まず男から女に恋歌を贈り、女性が返歌を詠み、その優劣を競い合う恋歌のみの歌合のことである。したがって、まずこの前に詠われた中納言藤原俊忠の歌を示さねばならない。この俊忠という人は、俊成の父であり定家の祖父にあたる人だ。

人知れぬ思ひありその浦風に浪のよるこそ行かまほしけれ　　藤原俊忠

（私は人知れずあなたのことを思っています。風光明媚な有磯の浦に吹き寄せる風で波が寄せるように、今夜あなたのもとに行ってもよいでしょうか）

この歌を念頭に置いて掲出歌を見てみると、まず、上句の勢いは強く、圧倒される。俊忠は恋する思いを波に喩えたが、その波を、「どうせ誠実がこもっていないあだ波でしょ」と、一刀両断に拒絶している。俊忠が有名な歌枕である有磯海を引き合いに出したのに対し、紀伊もまた有名な高師の浜で応えたところが面白い。歌としては感動するところは全くないが、実に技巧的で調子も美しい。このとき俊忠は二十九歳の男盛りであり、一方、紀伊はすでに七十歳を越えていたという。その二人が恋歌を詠い合った場面を想像すると奇妙である。和泉式部が心の激情をそのまま衝撃的に詠いあげたような時代から、和歌が一種ゲーム感覚で楽しむような時代に変遷してきたのである。その意味では、この紀伊は歌合を盛り上げて楽しませてくれる、頼もしいおばさまであり、八十を過ぎても現役の歌人であったという。

この歌合に限らず、この時代の歌合では、身分の上下、年齢の差、男女の区別なく、お互いを敬愛しながら人として対等に接している。十二世紀初頭の日本は、そういう先進的な社会をすでに構築していたことが分かる。

祐子内親王家紀伊は、父が平経方、母が歌人として名高い小弁である。紀伊守藤原重経の妻（あるいは姉）で、後朱雀天皇皇女・高倉一宮祐子内親王家に出仕したことからこの名前がある。勅撰入集は三十一首ある。なお、紀伊の名前の呼び方であるが、旧来の慣例では二文字を「き」と呼んでいた。それが明治時代から「きい」と読まれるようになった。仮名一字の国は日本で二つのみ、紀伊と摂津（つ）である。

置く露もしづ心なく秋風に乱れて咲ける真野の萩原

（その上に置く露も落ち着いた様子でなく、秋風に吹かれて萩の花が乱れて咲いている真野の萩原よ）

「真野の萩原」は万葉時代からの歌枕で、神戸市長田区真野付近とされる。秋風によって乱れるのは萩と露の両方であるが、作者の心もそれらと同じであることはいうをまたない。

66

大江匡房（一〇四一～一一一一）

わかれにしその五月雨の空よりも雪降ればこそ恋しかりけり

（あの人と死に別れた日、五月雨が降る空を眺めた。あれから時が経ち冬になって、雪の降る空を見上げれば、いっそうあの人のことが恋しく思い出される）

詞書には「5月のころほひ、女におくれ侍りける年の冬、雪のふりける日よみ侍りける」とある。五月頃愛人に先立たれ、その年の冬、雪の降った日に詠んだ歌である。

あのときは、雨がしきりに降る梅雨空を見上げながら涙に暮れていたが、今日は早くも冬が来て雪が降りしきっている。今日の寒空を眺めれば、なおいっそう悲しく思われるよ、と素直に心のままを流露させている。ごく平凡な言葉だけを使って詠っているが、哀愁がこもっていて、一瞬、しんとさせるものがある。偉大な学者・匡房の歌は、理に勝った歌が多く、ほとんど恋歌は見られない。しかし、哀傷歌のなかに一つだけ愛人への心情を表したこの歌を見つけたのである。一種の異色作と言ってもよいだろう。

大江匡房は大学頭大江成衡《しげひら》の子で、あの赤染衛門の曾孫である。匡房が生まれたとき、赤染衛門はまだ存命で、大いにこの子の誕生を喜び、

雲の上にのぼらんまでも見てしかな鶴の毛衣年ふとならば　　赤染衛門

長生きしてこの子が殿上人となる日を見てみたい、と詠っているが、匡房はそれ以上の大出世を遂げている。大江氏は約二百年前の大江音人・千里親子の代から儒家であり、代々優れた漢学者であったが、この匡房は特に傑出していた。神童の誉れ高く、十六歳で最高の国家試験を通り文章得業生《とくごうしょう》になっている。後三条・白河・堀河天皇三代にわたり東宮学士（皇太子に学問を教える学者）を務めた。権中納言を経て大宰権師、大蔵卿となり、学者としては異例の昇進をした。平安時代有数の碩学として菅原道真と比較されたほどだ。また、白河院の近臣として「延久の善政」といわれる政策を推し進めた大政治家でもある。なお、鎌倉幕府の重鎮・大江広元は曾孫である。勅撰入集は一二〇首にも及ぶ。

河水に鹿のしがらみかけてけり浮きて流れぬ秋萩の花

（川の水に鹿がしがらみを掛けたよ。水の面に浮いて流れもやらぬ秋萩の花がそのしがらみだ）

秋らしいきれいな歌で、鹿に踏みしだかれた萩の花がしがらみになったという想像が意表を突く。

さすらふる身は定めたる方もなし浮きたる舟の波にまかせて

（流浪するこの身はこれと決まった行き先もない。水に浮いている舟が波のままに漂っているのと同じで）

行末を待つべき身こそ老いにけれ別れは道の遠きのみかは

（あなたといつか再びお逢いできるとしても、その将来を待つべき私の身は老いてしまった。別れの道が遠いだけではない。恐らく生と死を隔てることになるのだ）

二首とも大学者らしい、精神的に深い内容の歌である。

小倉百人一首

高砂の尾上の桜咲きにけり外山の霞立たずもあらなむ

（高砂の峰にも桜の花が咲いたようだから、手前の山の霞よ、どうか立たないようにしてくれないか）

昔の注釈本には少し変わった解釈が載っている。人は春になると霞を讃えるが、桜が咲くと花を隠す霞を悪者にする。人の心はこのように移ろいやすいものだと非難する歌である、という解釈だ。

67

源俊頼（一〇五五～一一二九）

すみのぼる心や空をはらふらむ雲のちりゐぬ秋の夜の月

（澄んでのぼってゆく心が空を掃除するのだろうか、光を遮る塵ほどの雲もない、秋の夜の月よ）

「八月一五夜明月の心よめる」という詞書がある。気品のある美しい歌である。「すみのぼる心」とは、月を眺めているうちに、その光のように澄んで空へ昇っていく心のこと。「雲のちりゐぬ」は、月光を遮るほどの雲もないという意である。秋の夜の月の清々しさは、もはや自然現象などではなく、己の心が反映した賜物となっているようだ。

源俊頼は源経信［64番］の三男、俊恵［78番］の父である。親子三代にわたって小倉百人一首の作者に採られている。親子二代で選ばれている例は十六組みられるが、親子三代はこの例のみだ。俊頼は従四位上木工頭になるが、官人としては大納言に至った父に比べ著しく不遇だった。しかし、当時の歌壇の指導者として活躍し、多くの歌合で判者を務め、白河院の命を受け『金葉和歌集』を編纂した。また、歌論書『俊頼髄脳』を著し、後世にも影響を与えた。勅撰入集は二〇七首にも及ぶ。

十一世紀後半から十二世紀前半は「和歌の停滞期」といわれ、和歌の輝きが失われていた。その原因として、勅撰集の編纂が八十年間停滞していたことや、題詠（予め決められた題に従って詠むこと）が定番化したため、独創性に欠ける同じような歌が量産されたことがあげられる。そこへ救世主のように登場したのが俊頼なのである。どうしたら再び輝きを取り戻せるかを考え、「清新奇抜」と呼ばれる独特の斬新な歌風を編み出し、次世代の俊成・定家らの新風を生む素地になった。俊頼の歌を、後鳥羽院は「複雑にして巧妙な風体」と高く評価し、定家も「まことにおよぶまじきすがた也」と述べている。

俊頼の歌には自由奔放な詠いぶりが多く、知的な面白味に繊細さが加わっている。

うづら鳴く真野の入江のはまかぜに尾花なみよる秋の夕暮れ

（鶉が鳴く真野の入江から吹き寄せる浜風に、穂の出た薄が波のように寄せる、秋の夕暮よ）

俊頼代表作の一つである。なお、真野は琵琶湖の西、真野川が流れ込んで入江状になっているところ。

山桜咲きそめしよりひさかたの雲居に見ゆる滝の白糸

（山桜が咲き始めてからというもの、空に眺められる滝の白糸よ）

山の斜面を覆い尽くす山桜を、空から流れ落ちる滝に見立てている。この幻想的な傑作は、小倉百人一首に先だって選んだ「百人秀歌」に入っていたが、小倉百人一首ではなぜか別の歌に換えられた。

あすも来む野ぢの玉川はぎこえて色なる波に月やどりけり

（明日も来よう、野路の玉川に。川辺の萩の枝を越えて寄せる波は花の色に映えて、その波には月の光さえ宿っているのだ）

夢幻の境に誘い込まれるような感覚を覚える。なお、野路の玉川は近江国の歌枕で滋賀県草津市野路町を流れていた川である。

俊頼の多くの名歌の中から好きな歌をいくつか選ぶことが、これほど悩ましくも楽しいことだとは思わなかった。

小倉百人一首

憂かりける人をはつせの山おろしよはげしかれとは祈らぬものを

（私に冷たかったあの人の心が変わるようにと、初瀬の観音さまにお祈りしたのだが、初瀬の山おろしよ、あの人の冷たさがいっそう激しくなれとは祈りはしませんでした）

68

藤原基俊　（一〇六〇～一一四二）

むかし見しあるじ顔にも梅が枝の花だに我に物がたりせよ

（昔、この家でお会いしたご主人のような顔をして、梅の花よ、せめておまえだけでも私に昔話をしておくれ）

堀河院歌壇の一員で、基俊の仲間でもあった藤原公実が亡くなった翌年の春、公実邸を訪れ紅梅の枝に結びつけた、と詞書にある。特に悲しい詞は歌の中に入っていないのに、故人を悼み偲ぶ思いがよく伝わってくる歌だ。古今調の古色蒼然とした基俊の歌の中にあって、哀切の余韻が漂ってくる異色作と言ってもよいだろう。

藤原基俊は右大臣藤原俊家の子で、道長の曾孫にあたる。名門の出でありながら官途には恵まれず、従五位上左衛門佐で終わった。晩年出家し、八十二歳で没した。伝統的な歌風を重んじる保守派の歌人で、新風をもって台頭する俊頼とともに、堀河院歌壇の重鎮であった。特に俊頼とは好敵手と目され、多くの歌合で競い合い、判者となって意見を戦わせた。当時の最高権力者藤原忠通［69番］は、双方の歌の力を認めて、二人を同時に判者に招いて評の違いを楽しむところもあったようだ。基俊は漢詩にも優れた教養人で、勅撰入集は一〇五首ある。

基俊には大きな欠点があり、自負心があまりにも強いため人を見下し、他人が良い歌を詠めばことごとく悪く言う人であった。特に、俊頼に対する敵意は甚だしく、俊頼のことを「文才（漢詩文のこと）なくして和歌をよくす、たとえば馬のよく道を歩くが如し」と評したという。悪口は俊頼に対してだけではなかったから、多くの歌人たちを敵に回した。一方の俊頼はあまり他人を誹《そし》ることはない温和な人だったので、みんなに敬愛された。鴨長明の『無名抄』には、このような基俊の悪い面ばかりが記されており、基俊には少し気の毒な気がする。他方、意外と思われる事実は、あの藤原俊成が二十五歳の時、七十九歳になった基俊に弟子入りをしていることだ。

君なくはいかにしてかは晴るけまし古今《いにしえいま》のおぼつかなさを　藤原俊成

（先生がおられなければ、どうやってこのもやもやを晴らすことができたでしょう。昔と今の歌で、どれが良いのか区別することも覚束なかったでしょうし、『古今和歌集』の正しい姿をはっきり知ることもできなかったでしょう）

基俊の返し

かきたむる古今《いにしえいま》の言の葉をのこさず君につたへつるかな

（書き集めておいた昔と今の歌々を、一首残さずあなたに伝えたことだよ。しっかりと後世にこの歌風を伝えておくれよ）

若い弟子の俊成をかわいがり、しっかり指導したことが窺える。また、俊成の歌風を表す「幽玄」という言葉を初めて使ったのが基俊であり、俊成に大きな影響を及ぼしたことは間違いない。そのほかに、瞻西《せんさい》上人との交流には温かい人間像の一面も見られ、その贈答歌が『新古今和歌集』六五八と六五九に採られている。しかし、わが子のことになると更に深い愛情となって現れ、「人の親の心は闇にあらねども」の様相を呈する。

小倉百人一首

契りおきしさせもが露を命にてあはれ今年の秋もいぬめり

（あなたが約束してくださった、させも草についた恵みの露のような言葉を、命のように信じておりましたが、それもむなしく、今年の秋もすぎてしまうようです）

自分の子が、僧侶の出世コースに乗るための役職に就けるようにと、藤原忠通に頼んでおいたところが、期待していたその選に漏れたので、忠通に恨み言を言っているのである。こんな恨みがましい歌を詠む方も変だが、百人一首に採る方もどうかしている。定家がこの作者を選んだ理由には、基俊が父俊成の師匠であったということがあるのかもしれない。

基俊としては精一杯のジョークを効かせた面白い一首を見つけた。

床近しあなかま夜はのきりぎりす夢にも人の見えもこそすれ

（床近くで鳴くなあ。ああやかましい夜のこおろぎよ。もしかして夢の中に恋人が見えるかもしれないのに眠れないじゃないか）

69

藤原忠通　（一〇九七〜一一六四）

風吹けば玉散る萩の下露にはかなく宿る野べの月かな

（風が吹くと玉と散る萩の下葉に置いた露に儚く映る、野辺の月の光よ）

一見女流歌人か、見目麗しい貴公子が詠ったかのような美しい調べの歌だ。作者の名前を正確に記すと、法性寺《ほっしょうじ》入道前摂政関白太政大臣藤原朝臣忠通となり、漢字が二十個並ぶことになる。昔のテレビドラマ「ひょっこりひょうたん島」の摂政関白太政大臣藤原ドン・ガバチョの名前のモデルではないだろうか。現代で言えば内閣総理大臣、国会両院議長、最高裁判所長官、宮内庁長官、陸海空軍総帥を兼任したような最高権力者である。

忠通は道長の直系の子孫で、関白太政大臣藤原忠実の嫡男として生まれ、慈円［93番］は子、藤原良経［87番］は孫にあたる。自らを中心とする歌壇を形成し、俊頼や基俊の支援者として歌合や歌会を催した。勅撰入集は五十九首ある。漢詩にも優れ、当代一の能書家で法性寺流の祖となった。

忠通を語るとき、保元の乱を省くわけにはいかない。二十六歳の時、父忠実の後を継ぎ関白になったが、弟の頼長を愛する父は、関白を頼長に替え、氏の長者に据えた。この時期、皇室では崇徳院と後白河院の兄弟の不和が顕在化していた。忠通は後白河院側と提携し、父忠実と弟頼長は崇徳院についた。そこに平家と源氏の武士団が加わり戦となった。これが保元の乱である。結局、後白河院・忠通側が勝者となり、崇徳院は讃岐に流罪となり、弟の頼長は戦死、父の忠実は隠遁させられた。保元の乱後、忠通は関白と氏の長者に復し、結局、四代の天皇のもとで三十七年間にわたって権力を掌握した。

この忠通は二つの意味で日本史における重要人物と見なされている。まず、忠通の子孫がいわゆる五摂家として立ち、以後明治維新まで摂政関白の座を独占した。また、保元の乱がきっかけで武士の時代が到来することになり、元寇というわが国始まって以来の大難に対し、武力で勝利することができたことだ。もし、保元の乱がなかったら武士の世は遅れ、元寇に敗れて、日本民族は消滅していたであろう。

さて、忠通とは実際どのような人物だったのだろう。一般的には、権力争いに長けていたので希代の謀略家だったと思われている。確かに激動の時代の真っ只中、長期政権を保ったのは並の権力者ではない。しかし、小倉百人一首掲載歌から想像する忠通のイメージは、謀略家とは大分かけ離れている。

小倉百人一首

わたの原漕ぎ出でて見ればひさかたの雲居にまがふ沖つ白波

（大海原に船を漕ぎ出してみると、遠くの方では、雲と見わけがつかないような白波が立ってい

るのが見える）

気持ちが良くなるくらい晴れ晴れとした詠みぶりで、大らかで風格のある人物が想像される。性格がきびしかった弟・頼長と異なって、おっとりした温厚な人だったとも言われている。『保元物語』には、「此の関白殿は、よろづなだらかにおはしませば、人皆ほめもちひ奉れり」と記載されている。つまりは政治力に長け、権謀術数も教養もあり、人柄も良いという、どの面を取っても優れた人物だったのではないだろうか。

さざ波や志賀の唐崎風さえて比良の高嶺に霰降るなり

（志賀の唐崎は風が冷たく、比良の高嶺に霰が降っているようだ）

忠通の歌はのびのびとして清新な歌が多い。

秋の月たかねの雲のあなたにて晴れゆく空の暮るる待ちけり

（秋の月は、高山の頂にかかる雲の彼方にあってなかなか現れてくれない。しだいに晴れて暗くなるのを待っているのだった）

月の出を待ち望む心を、月の心となって表現している。

限りなくうれしと思ふことよりもおろかの恋ぞなほまさりける

（位人臣を極めることよりも、無分別な恋をする方がどんなに楽しいことか）

ついにここで忠通の本性が現れた。『今鏡』には「すきずきしくのみおはしまし」と伝えられており、若い頃から家に仕えている女房に手をつける癖があったという。好色な一面もあったのだった。

70

崇徳院　（一一一九〜一一六四）

いつしかと荻の葉むけの片よりにそそや秋とぞ風も聞こゆる

（いつのまにか、荻の葉の向きが片方に向けてなびくようになり、そよそよと、ほらもう秋だよと、そう風の音が聞こえてくる）

「葉むけの片より」とは、葉の向きが一方に寄ること。「そそや」は、「それそれ、ほらほら」と注意を喚起する言葉である。私には、風にそよぐ荻の葉音がはっきりと聞こえてくる。なお、萩《はぎ》と荻《おぎ》は間違いやすい。萩はマメ科、秋の七草の一つで、花は紅紫色や白色の小さな蝶のような形をしている。一方、荻はイネ科で、湿地に生える大型の多年草である。私は荻のことはよく知らないが、写真で見る限り、薄のようなものと思って間違いないと思われる。風によって秋の到来を知る歌には、

秋きぬと目にはさやかに見えねども風の音にぞおどろかれぬる　　藤原敏行

という有名な歌がある。掲出歌は、薄のような長い葉を一斉に靡かせる風景と、さわさわとした風の音が同時に感じられ、なおいっそう秋らしい情緒がある。

崇徳院は歴代天皇の中で、後鳥羽院に次ぐ第一級の歌人である。紀貫之に影響を受け、優美な歌を多く詠んだ。幼少の頃から忠通・俊成らを中心とする歌会、歌合を催した。「堀河百首」

や「久安百首」などを創らせ、藤原顕輔に命じて『詞花和歌集』を編纂した。勅命を下すだけでなく、選歌そのものに介入したという点でも後鳥羽院の先駆をなした帝王である。勅撰入集は八十一首ある。

崇徳院は悲運の天皇であった。鳥羽天皇第一皇子として生まれ、五歳で天皇に即位した。母は美貌で知られる鳥羽天皇中宮・待賢門院璋子《しょうし》で、鳥羽天皇の祖父白河院の養女として育てられたが、鳥羽天皇へ入内前に白河院と通じており、崇徳院の本当の父親は白河院であるという噂があった。鳥羽天皇は崇徳天皇を嫌い、あの子は私の子ではなく叔父子だと呼んで疎んだ。鳥羽院は新しい寵妃美福門院が生んだ三歳の皇子を即位させ（近衛天皇）、崇徳天皇は二十三歳で天皇の座から引きずり下ろされた。十七歳で近衛天皇が崩御すると、崇徳院の異母弟である後白河天皇が即位した。崇徳院はせめて皇太子には自分の皇子・重仁親王をと願ったが、結局それも叶わなかった。このような仕打ちを受け、父帝に疎まれた崇徳院の胸の内には、やり場のない怨念が吹き上がってきたのも無理はない。鳥羽院の崩御をきっかけに、崇徳院は後白河天皇に戦いを挑んだ（保元の乱）が、敗れてしまった。崇徳院は讃岐に流され、その八年後四十五歳で崩御し、讃岐の白峰に埋葬された。

日本三大怨霊として、平将門、菅原道真、崇徳院が挙げられている。崇徳院の怨念の凄まじさは『保元物語』に詳しく描かれている。舌をかみ切った血で「日本国の大魔王となりて、天下乱り国家を悩まさん」と書き、髪の毛や爪を伸び放題にして、生きながら天狗の姿になって亡くなった、とある。その後、都での戦乱や大火、飢饉などは崇徳院の怨霊の祟りだと噂され、人々に恐れられた。なんと、それは近代まで続いたのだった。崇徳院が崩御してから七百年後、明治天皇は一八六八年ご自身の即位の礼に先立ち、勅使を讃岐に遣わして崇徳院の御霊を京都へ帰還させ、白峯神宮を創建された。また、昭和天皇も、一九六四年東京オリンピック開催に際し、勅使を遣わして坂出市の崇徳天皇陵で式年祭を執り行わせている。しかし、いろいろ調べてみると、怨霊説を否定する学説もいくつかみられ、配流後のいずれの御製を読み解いても、いかなる怨念や憎悪も認めることができないとしている。どちらが真実なのかは分からない。

花は根に鳥はふる巣にかへるなり春のとまりを知る人ぞなき

（春が暮れゆけば、桜の花は根に帰り、鶯は古巣に帰るという。桜も鶯も帰るべき場所はあるが、では春はどこに帰るのだろう。その帰り着く果てを知る人はいないのだ）

惜しむとて今宵かきおく言の葉やあやなく春の形見なるべき

（春を惜しむということで、今宵皆で書き残しておく和歌、この言の葉も桜の葉も、春を思い出すよすがになるだろうか。花ならぬ葉であることが道理に合わないよ）

最後に、配流先の讃岐で詠んだ一首で、これもまた「荻」である。

うたたねは荻吹く風におどろけど長き夢路ぞ覚むる時なし

（うたた寝の夢は荻の葉をそよがせて吹く風の音にもすぐ目ざめてしまうが、一生の生死の迷い

の夢から覚める時はないものだ)

小倉百人一首

瀬をはやみ岩にせかるる滝川のわれても末にあはむとぞ思ふ

(川の流れが速いので、岩にせき止められた急流が二つに分かれても、またひとつになるように、別れたあの人とも、いつかまた結ばれるものと思っています)

71

藤原顕輔　（一〇九〇～一一五五）

難波江の葦間にやどる月見ればわが身一つも沈まざりけり

（難波江には葦が生い茂っていて、その隙間から水面に月が映っている。それを見れば、ひっそりと世間から埋もれているのは自分の身だけではないのだった）

難波江は大阪湾、淀川河口付近の入江で、葦が群生していることで有名だった。「沈む」は身の不遇を意味する。顕輔はこの時期、讒言によって白河院の勘気を蒙って蟄居していた。この歌は大江千里の

月見ればちぢにものこそ悲しけれわが身一つの秋にはあらねど　大江千里

をかなり意識した歌である。顕輔は月に詩心をそそられる歌人だったらしく、月の歌が多い。

小倉百人一首

秋風にたなびく雲の絶え間よりもれ出づる月のかげのさやけさ

（秋風に吹かれてたなびいている雲の切れ間から、漏れでてくる月の光は、なんと清らかで澄みきっていることであろう）

目の前の現象を、そのまま順を追って単純な言葉で表しただけであるが、格調高く美しい歌である。平明で、理屈なしに秋の「美」が感じられる。私は小倉百人一首を読み始めの頃から、最も好きな歌の一つで、いまだにこの歌の呪縛から解放されていない。その証拠に、季節を問わず夜空を見上げるたびに、「今夜は月に雲はかかっていないかなあ」と期待するのである。また、旅先での夜、雲の絶え間から月光に照らされるとき、旅情はいやが上にも最高潮に達するのだ。掲出歌はこの歌よりもやや複雑で、葦の間から見える水の面に沈んでいる淋しい月に、沈淪しているわが姿を静かに見つめているのである。

藤原顕輔は、歌道家「六条藤家」の祖である藤原顕季の三男である。子に清輔〔77番〕、顕昭法師がいる。最終的な官職は左京大夫で、左京の司法・行政・警察を司る職の長官であった。父と親交があった源俊頼から指導を受け、その革新的な歌風の影響を受けたが、後に叙景的表現を特徴とする温雅な歌風を確立した。基俊の没後、歌壇の第一人者と目され、崇徳院より『詞花和歌集』の編集を命じられた。勅撰入集は八十五首ある。「六条藤家」は『万葉集』を尊重し、人麻呂を歌道の神として敬った。後の俊成・定家の「御子左家《みこひだりけ》」と熾烈に対抗し、ある面では『万葉集』対『古今和歌集』の代理戦争の様を呈したという。

師匠の俊頼が絶賛した恋の歌がある。

逢ふと見てうつつの甲斐はなけれどもはかなき夢ぞ命なりける

（恋しい人に逢う夢を見ても、現実にどうなるということはないのだけれど、こんな儚い夢が今

の私には生きる元気のもとなのだ）

常人なら「うつつに甲斐はなけれどもはかなき夢ぞうれしかりけり」と詠むところを、「うつつに」ではなく「うつつの」にしたことと、「うれしかりけり」ではなく「いのち」を用いたところに斬新さがある、と俊頼は批評している。この後より「いのち」ということばが歌に使われるようになり、ずっと後世に西行が有名な歌を詠った。

年たけてまた越ゆべしと思ひきや命なりけりさやの中山　　西行

（年老いてまた越えるだろうと思っただろうか。命あってのことだなあ、こうしてまたさやの中山を越えるのも）

72

待賢門院堀河（生没年不詳）

君恋ふるなげきのしげき山里はただ日ぐらしぞともになきける

（亡き待賢門院様が恋しくて、私は何度も悲しいため息をついてしまいます。そんな思い出の多すぎる山里に人影はなく、ただ蜩だけが私の泣き声に合わせてくれるだけです）

詞書によると、一一四五年に永く仕えた待賢門院が亡くなり、その翌年六月仁和寺の法金剛院へお参りに来たときに詠んだ歌である。作者は待賢門院藤原璋子に仕えていたので、待賢門院堀河と呼ばれた。璋子は鳥羽院中宮で、崇徳院［70番］の母である。鳥羽院の祖父白河院との関係が噂され、崇徳院は鳥羽院の子ではなく白河院の子ではないかと取り沙汰された、あの美貌の麗人である。なお、璋子は藤原公実の娘だが、藤原基俊［68番］の掲出歌「むかし見し」は、亡くなった公実の邸を訪れたときに詠われたものである。待賢門院は崇徳院が皇位を逐《お》われた翌年に落飾し、仁和寺の法金剛院に住んだが、堀河も出家してこれに従った。

それにしても、蜩の鳴く声を聞くと、なぜ悲しい気持ちになるのだろう。夏休みの時神社のある森で散々遊んだ子どもの頃、夕暮れ時になって蜩が鳴き始めると、もの悲しさに襲われ無性に泣きたくなることがあった。虫の声に無情を感じるのは大和民族だけであるというから、やはりＤＮＡのなせるわざなのであろうか。

待賢門院堀河は源顕仲の娘である。顕仲は神祇伯（天皇の祭祀や神社の統括を行う長官）で歌人としても名高い。堀河は待賢門院璋子に仕えている間に結婚し子をもうけたが、まもなく夫と死別し、幼い子は顕仲の養子に出された。勅撰入集は六十七首もあり、当時の代表的女流歌人であるが、その生涯がほとんど知られていないのは不思議なことである。西行と親交があったことが、わずかに残っている逸話のひとつで、『山家集』にいくつかの贈答歌が載っている。詞書に「旅に出る西行を招いたが、参上すると言いながらなかなか来ない。ところが、月明の夜、西行が家の前を通ったと人から聞いて」とあり、堀河が西行に贈った歌、

西へ行くしるべと思ふ月かげのそらだのめこそかいなかりけれ

（西方へ往生する道しるべと思っております月の光が期待外れで差してこないのは、頼りがいのないことですね）

西行を月の光に見立てている。「西」とは、月の移ってゆく西方に浄土を重ねて言っている。西行の返しの歌、

立ちいらで雲間をわけし月影は待たぬけしきや空に見えけむ　西行

（月の光があなたの家に立ち入らずに雲間を分けて過ぎてしまったのは、あなたが月を待っていない様子が、空にもそれと見えたからでしょうか）

堀河と西行はいい仲だったのではないかという説もあるが、どうも堀河の方が西行よりも十七歳も年上らしいので、本当ではなさそうだ。むしろ、西行は待賢門院璋子に想いを寄せていたら

しく、西行が出家した原因の一つとして、璋子への思慕があったのではないかと言われている。

露しげき野辺にならひてきりぎりす我が手枕の下に鳴くなり

（秋の野はこの頃露でびっしょりです。それに慣れているコオロギは、私が手枕の侘しさに涙を流しても、いつもの露と思って、その下でこともなげに鳴いています）

小倉百人一首

ながからむ心も知らず黒髪の乱れてけさはものをこそ思へ

（あなたの心は末長く変わらないかどうか、私の黒髪が乱れているように、私の心も乱れて、今朝はもの思いに沈んでおります）

小倉百人一首のなかでは最も官能的な歌であろう。その正体は「黒髪の乱れ」という詞であるが、それを歌の詞として使った元祖は、あの和泉式部で、

黒髪の乱れもしらず打ち伏せばまづかきやりし人ぞ恋しき

という歌である。どちらの方がより官能的かといえば、断然和泉式部の方が勝っている。

73

藤原実定（一一三九～一一九一）

今ぞきく心は跡もなかりけり雪かきわけて思ひやれども

（それを聞いて今気がつきました。心は足跡を残すことなんてなかったのでしたね。雪をかきわけて、思いだけはあなたのもとへ遣っていたのですが）

一見恋の歌で、しかも相手にかなり強い思いが込められているように感じられる。「今ぞきく」という初句切れの強い響きが印象的であり、「心は跡もなかりけり」などという発想はあまり聞いたことがなく、新鮮だ。実はこの歌、自分の叔父にあたる藤原俊成から贈られた歌への返歌である。

けふはもし君もや問ふとながむれどまだ跡もなき庭の雪かな　藤原俊成

（今日あたり、もしかしたらあなたが来てくれるかと思って庭を眺めて見たけれども、積もった雪にはまだ足跡もついていなかったのですよ）

この贈答歌は伯父と甥の二人がいかに心を通い合わせていたかを表している。実定は俊成に歌の教えを請い、作歌に励んでいたという。また、実定は、官職に恵まれない不遇な伯父に皇太后宮大夫の職を譲るなど、優しい面をみせたという。このとき、実定は二十六歳、俊成は五十一歳だった。掲出歌は、ずっと古い時代に、在原業平が比叡山の麓に住んでいた惟喬親王を雪の中訪ねて行ったときの名歌を思い起こさせる。

忘れては夢かとぞ思ふ思ひきや雪ふみわけて君を見むとは　在原業平

（ふとこの現実を忘れては、これはやはり夢ではないかと思うのです。まさか思いもしませんでした、こんなにも深い雪を踏み分けて、あなたにお目にかかろうとは）

実定は右大臣藤原公能の子で、母は藤原俊忠の娘。つまり、俊成の甥にあたり、定家の従兄ということになる。忻子（後白河院中宮）、多子（近衛天皇、二条天皇皇后）は姉にあたる。このように、名門の出身の貴公子である。平家の隆盛・没落、源氏の台頭という激動の時代に要領よく生き抜いたが、平清盛に媚びたり、昇進運動に躍起になったりして、世間の評判は芳しくなかった。しかし、最終的には左大臣にまで昇進した。祖父の実能を徳大寺左大臣と呼んだのに対し、後徳大寺左大臣と称された。非常な蔵書家で、才覚に富み、管弦や今様にも優れた、いわば、バランス感覚に富んだ優秀な文化人と言ってよい。それに見合った品のある歌を多く詠んだ。『歌仙落書』には「風情けだかく、また面白く艶なる様も具したるにや」と評されている。勅撰入集は七十八首ある。

はかなさをほかにもいはじさくらばな咲きては散りぬあはれ世の中

（はかなさというものを、桜の他の物を引き合いに出して言うまい。咲いては散ってしまう、ああ、儚い世の中よ）

「あはれ世の中」が凛として最後におさまっている。人間の一生、栄枯盛衰、人間関係、男女の仲などさまざまなニュアンスを含んでいる。かつて、古代に蝉丸も「あはれ世の中」と詠んでいる。

秋風にたなびく浅茅末ごとにおく白露のあはれ世の中　　　蝉丸

（秋風にたなびく浅茅の葉の穂の先一つひとつに置く白露のように儚いこの世よ）

『平家物語』のクライマックス「大原御幸」に実定が登場している。壇ノ浦の戦で入水したが助けられ大原に隠棲した建礼門院平徳子の庵に後白河法皇が行幸したとき、実定が随行した。このとき建礼門院は、

いざさらば涙くらべむほととぎすわれも憂き世に音をのみぞなく　　　建礼門院徳子

（それならばほととぎすよ、私と泣き比べをしましょう。私もこの辛い世に泣いてばかりいるのですから）

と詠んだ。それに応え、実定は次の歌を庵室の柱に書きつけた。

いにしえは月にたとえし君なれどその光なき深山辺の里

（昔はまるで月の光のように輝いていたあなたでしたが、今はその光も衰えこんな深山の里でお目にかかるとは夢にも思いませんでした）

人の栄枯盛衰を目の当たりにしてきた実定だが、このときほど深い感慨に襲われたことはなかったであろう。

小倉百人一首

ほととぎす鳴きつるかたをながむればただ有明の月ぞのこれる

（ほととぎすの鳴き声が聞こえたので、その方に目をやってみたが、その姿はもう見えず、空には有明の月が残っているばかりであった）

「キョッキョ、キョキョキョキョ」というふうに「特許許可局」とも聞こえるほととぎすの鳴き声は、信州の高原で何度も聞いたことはあるが、いまだその姿を見たことはない。

74

道因　（一〇九〇〜没年不詳）

岩越ゆる荒磯波にたつ千鳥心ならずや浦づたふらむ

（岩を越して荒々しい磯波が打ち寄せると、千鳥はたまりかねたようにその場を飛び立ってゆく。こうして千鳥は心ならずも浦から浦へとさまよっていくのだろう）

千鳥が磯を鳴き渡る声や姿は、もの悲しさを呼び起こすものとして詠われることが多い。この歌もその例に漏れないが、千鳥の側に立って詠まれているのが珍しく、ここでは、「心ならずや」が見せ場になっている。千鳥が岩場に止まってはまた飛び交う姿を、千鳥の心にそぐわない行動と捉え、哀れさを強調しているのである。

道因は本名、藤原敦頼。治部丞藤原清孝の息子である。従五位上右馬助に至るが、八十三歳の時出家して比叡山に住んだ。歌壇での活躍は主に晩年からみられ、長寿を保ち、九十歳の時歌合に出席したという記録が残されている。歌道への執心は熱心さを通り越して異常なほどであった。たとえば、八十歳になるまで歌の上達を祈って、京からはるばる摂津国の住吉神社まで月参したという。また、ある歌合で判者の藤原清輔が道因の歌に負判を下したところ、清輔に向かって涙を流しながら嘆き恨んだので、さすがの清輔も困却した。九十歳を過ぎて難聴が進んだせいなのか、歌会では最前列に座り判者ににじり寄って熱心に聞く姿は、人々に強い印象を与えた。

歌道への執念は死後にも現れた。鴨長明の『無名抄』によると、藤原俊成が編纂した『千載集』に道因の歌が二十首採られたが、最初十八首だったのを、俊成の夢の中に道因が現れて涙を流して喜んだのを、俊成が哀れと思いさらに二首を加えたという。

さらには、吝嗇《りんしょく》だったという話もあり、『古事談』によると、馬丁に与えるべき装束をケチったため、馬丁たちに街の中で襲われて身ぐるみはがされ「はだかの馬助」というあだ名をもらったという珍事もある。おおかたは、度が過ぎて見苦しい人物と失笑を買っているようだが、私はむしろ好ましく羨ましい人物と捉えている。八十歳を過ぎてから歌道に志を深くし、九十を過ぎても健康を保ち、なお情熱を失わない人生はすばらしいではないか。現代の高齢化社会の中、歌道に限らずどんな分野においても、お手本となるべき姿であると思う。江戸後期の儒学者佐藤一斎は『言志四録』の中で次の名言を述べている。

「少にて学べば、則ち壮にして為すことあり。
壮にして学べば、則ち老いて衰えず。
老いて学べば、則ち死して朽ちず」

道因の歌は確かに朽ちずして後世に残ったのである。勅撰入集は四十首ある。道因の歌風は地味ではあるが、ちょっと渋く味のある歌が多い。

大井川ながれておつる紅葉かなさそふは峰の嵐のみかは

（大井川の水に浮かび流れてゆく紅葉よ。そうか、散るように紅葉を誘うのは峰の嵐だけではな

かったのか。川の流れだって紅葉を誘うものだった）

晴れ曇り時雨は定めなきものをふりはてぬるはわが身なりけり

（晴れたり曇ったりして時雨は降り続けると決まっていないのに、ひたすら古び老いてしまったのはわが身だったなあ）

小倉百人一首

思ひわびさてもいのちはあるものを憂きにたえぬは涙なりけり

（せつない気持ちで思い悩んでいても、命だけは残っています。この辛さに耐えきれずにこぼれるのは涙ばかりです）

この歌を恋歌と紹介している解説書が多いが、高齢の法師の歌と考えれば、人生述懐あるいは憂国の歌と捉えた方が適切であると思う。

75

源頼政（一一〇四～一一八〇）

庭の面はまだかわかぬに夕立の空さりげなく澄める月かな

（庭の表面はまだ乾いてもいないのに、夕立を降らせた空に、そんな様子は少しも見えないで澄んでいる月よ）

夕立が通り過ぎた直後に、澄んだ月が凛と輝いている情景をうまく捉えている。頼政には、平俗語を歌の中に採り入れてありのまま詠んだ歌が少なからず見られ、ここでも「さりげなく」という口語を用いて月と空を擬人化し、面白味を出している。

源頼政は摂津源氏の武将で、文武両道に優れた人物として世の人々から賞賛された。勅撰入集は五十九首ある。子は二条院讃岐［88番］、宜秋門院丹後《ぎしゅうもんいんたんご》、仲綱などがおり、いずれも有名な歌人だ。また、歌人の小侍従［79番］が恋人だったという。歌人として多くの歌合や歌会で活躍し、同時代の俊成、俊恵などから絶賛された。鴨長明の『無名抄』によると、俊恵は、「深く歌の心髄に触れているように見えて、なにもかもが見事に思われた」と高く評価している。頼政の歌には、趣向の優った歌と崇高美の感じられる歌の二つの傾向があるようだ。

暮れぬ間は花にたぐへて散らしつる心あつむる春の夜の月

（日が暮れない間は花に倣って散らしてしまった心を、日が沈みきった後は、春の夜の月を眺め

て再び集めるのだ）

桜と月に対する心の向かい方が異なることを詠っている。

深山木《みやまぎ》のその梢とも見えざりし桜は花にあらはれにけり

（深山の木々の中にあって、どれがその梢だと見分けることができなかった桜は、咲いた花によって、自然と目につくようになった）

『平家物語』『源平盛衰記』にも引用された名高い歌である。

頼政には有名な鵺《ぬえ》退治の伝説が残されている。清涼殿には毎晩黒煙とともに不気味な鵺の鳴き声が響き渡り、この怪異によって二条天皇も病になった。鵺は頭が猿、体は狸、尾は蛇、四肢は虎の形をしていた。頼政は雷上動という弓を用いてこれを退治し、二条天皇もたちまち回復したという話である。

この人物の特徴は、最晩年の劇的な最期にある。若い頃から朝廷に仕える武士として活躍し、保元・平治の乱では勝利する側として戦い武勲を上げた。平家側に属する武将として、武士としては異例の従三位に叙された。このときすでに七十四歳で、翌年出家する。この当時、世の中は平清盛の独断政治に不満が高まっていた。一一七九年、清盛は後白河院を幽閉し院政を停止させる。さらに翌一一八〇年、高倉天皇と自分の娘平徳子との間に生まれた言仁親王を安徳天皇として即位させた。そこで後白河院第二皇子の以仁王《もちひとおう》が不満を爆発させた。以仁王は幼少の時から英邁で非凡な才能を発揮し、次期天皇と目されていたからである。頼政は、以仁王の平家打倒の令旨を奉り、突如挙兵したのである。このとき七十六歳。しかし結局、平家の大軍に敗れ、宇治の平等院で切腹し果てた。以仁王も流れ矢に当たり戦死した。

辞世、

埋れ木の花さく事もなかりしに身のなる果てぞ悲しかりける

（埋もれ木のようなわが身は、花の咲くことなどあるはずがなかったのに、あえて行動を起こし、このような結果になってしまったことが悲しい）

いったい何が、この七十六歳の老将を突如駆り立てたのか、誰もいまだに答えることができない謎である。胸の奥に秘められた武将としての激情と、歌人としての風流が入り交じったこの人物は、実に不思議な魅力を持っている。いずれにせよ、頼政の戦死は歴史上無駄ではなかった。この後、以仁王の令旨によって源頼朝が伊豆で挙兵して平家を滅ぼすことになるのである。

私は平等院を三回訪れたことがあるが、数年前三回目の訪問にしてはじめて頼政のお墓を発見した。それは鳳凰堂の裏手の塔頭（最勝院）にあった。観光客で賑わう鳳凰堂の喧噪から離れ、名歌人の墓らしい優雅で静謐な佇まいであった。

76

藤原俊成（一一一四～一二〇四）

稀に来る夜半も悲しき松風を絶えずや苔の下に聞くらむ

（稀に訪れる夜でも悲しく聞こえる松風の音を、亡き妻は絶えず墓の下で聞くのだろうか）

「定家朝臣母身まかりて後、秋頃、墓所ちかき堂にとまりてよみ侍りける」という詞書がある。俊成の妻の忌日、墓所近くの堂に泊まって詠んだ歌である。この寺は法性寺といわれている。

藤原俊成は権中納言俊忠の子である。定家が息子で、寂蓮（実の甥）と俊成女（実の孫）は養子である。俊成は皇太后宮大夫となり、姪にあたる後白河皇后忻子に仕えた。六十三歳のとき重病に臥し、出家し釈阿と号す。九十一歳で亡くなった。

旧派の歌風の代表とも言える晩年の藤原基俊に入門し、同時に、革新的な源俊頼にも私淑した。当然の成り行きで、新旧両派の融合に力を注ぐことになり、「詞」は古いが「心」は新しい作風を作り上げた。寂しさや悲しさの中に美を見いだす「あわれ」を表現し、「幽玄」と「優艶」という特徴を打ち立てた。六条家の藤原清輔が没すると、政界の実力者九条兼実に迎えられ、歌壇の重鎮としての地位を不動にする。後白河院の下命により『千載集』を撰進し、七十五歳で完成させた。その後最晩年まで活動は衰えず、勅撰入集は四二二首にも及ぶ。これは定家、貫之に次ぐ第三位の数だ。歌壇界の大御所として、後鳥羽院、定家、寂蓮、式子内親王などの新古今調の歌人たちを指導育成した、いわばゴッドファーザーのような人である。『後鳥羽院御口伝』には「やさしく艶に、心も深く、あはれなるところもありき」と書かれている。

息子の定家は親よりも偉大な歌人になったわけだが、俊成の親ばかぶりはちょっと度を越しているようだ。なにしろ俊成四十八歳の時の子であるから、まるで孫のようにかわいがったのであろう。定家が二十歳にして初めて百首歌「初学百首」を詠めば、息子の才能を確信して大感激し涙を流す。定家が宮中で騒ぎを起こして謹慎処分を受ければ、後白河院に、

あし鶴の雲ぢまよひし年くれて霞をさへやへだてはつべき

という許しを請う歌を送る。定家が後鳥羽院主催の百首歌の出詠者から外されれば、「生治奉状」なる嘆願書を何度も院に送る、という具合である。

俊成の代表作とされる歌は多く、中でも有名な二首。

またや見む交野《かたの》の御野《みの》の桜狩花の雪散る春のあけぼの

（再び見ることができるだろうか、交野のお狩場の桜狩で花の雪が散るこのように美しい春の曙を）

夕されば野辺の秋風身に沁みて鶉鳴くなり深草の里

（夕方になると、野辺を吹く秋風が身に沁みて、鶉が鳴いているこの深草の里よ）

有名な歌ではないが、哀愁の余韻が漂う次の二首もよい。

住みわびて身をかくすべき山里にあまりくまなき夜半の月かな

（浮世が住みづらくなって隠遁しようと山里にやってきたが、あまりにも隈なく月が照っていて、身を隠すすべもないのだった）

しめおきて今やと思ふ秋山の蓬がもとに松虫のなく

（そこを墓所と決めておいて、死の訪れを今か今かと思っている秋の山の蓬の根元で、私を待つかのように松虫が鳴いている）

小倉百人一首

世の中よ道こそなけれ思ひ入る山の奥にも鹿ぞ鳴くなる

（世の中には道などどこにもない。世を儚んで山奥に引き込んできたのに、そこでは悲しげに鹿が鳴いている）

77

藤原清輔（一一〇四〜一一七七）

夢のうちに五十の春は過ぎにけり今ゆくすゑは宵の稲妻

（夢を見ているような短い時間しか経っていないのに、もう定命といわれる五十歳の春を過ぎてしまった。これから幾年生きるのか分からないが、余生も宵の稲妻のごとくあっという間なのだろう）

この歌は清輔五十歳の時に詠んだ述懐歌である。五十歳の清輔は、官位も遅々として進まず鬱屈していた時期であった。上句は人の命の短さを夢に喩え、一転、下句はこれからのわずかな余生はなんだろうと思いを馳せる。「宵の稲妻」は短さの象徴でもあり、不安の暗示でもある。我々現代人も還暦を迎えたとき、この想念に浸らない人はまずいないのではないだろうか。

藤原清輔は歌道師範六条家の当主顕輔［71番］の次男である。若い頃は父顕輔に疎んじられ、官位もずっと低いままに置かれていた。清輔は父顕輔が選者を務めた『詞花和歌集』の手助けをしたが、清輔の歌は一首も選ばれなかった。四十代後半になってから、歌人としての名声は次第に高まり、五十歳を過ぎてようやく歌道六条家を父から引き継いだ。天皇の信任も厚く、太皇太皇后宮大進の地位を得た。この頃から、自邸で歌会を催したり、歌合の判者をやったりするようになり歌壇の中心的な存在になってゆく。和歌の百科全書ともいうべき「袋草紙」を完成させ、二条天皇に命じられて「続詞花和歌集」を完成させたが、天皇が崩御したため勅撰集にはならなかった。やがて、歌道家としての権勢は、対立する御子左家の俊成を凌ぐことになり、七十四歳で亡くなった。勅撰入集は九十六首ある。

清輔は父顕輔に嫌われていたという通説があるが、私は別の見方もあると思っている。清輔は顕輔が十五歳（十九歳という説もある）のときの子であり、年の差が少ない親子だった。特に若い父親の場合は、息子が生意気に見えたりして、愛情があっても上手に振る舞えない場合もあるかもしれない。結局は、清輔の実力が六条家の当主にふさわしいとして六条家を継がせたわけだから、息子の歌の才能を認めるがゆえに、あえて試練を与え成長を促し、才能を開花させたとも考えられる。そういう事例は歴史上いくらもあるので、この名歌人親子の場合もそうであったと願いたい。

清輔の歌のなかで好きな歌を選んでいくと、全部が四季歌になる。自然の捉え方が純粋であるので、その清冽さに魅せられる。

風越《かざこし》を夕こえくればほととぎす麓の雲の底に鳴くなり

（風越山《ふうえつ》を夕方越えてくると、ほととぎすが麓の雲の底で鳴くのが聞こえる）

風越山は長野県飯田市にある、信州百名山の一つである。上句を詠むと、風越山をはるばると越えてやってきたのは、ほととぎすであるかのように錯覚するが、それは自分自身であり、ほととぎすはずっと下方の雲の下で鳴いているのである。このひと工夫が面白い。

うす霧のまがきの花の朝じめり秋は夕べと誰か言ひけむ

（薄霧の立ちこめる垣根の花がしっとりと朝霧に濡れている。秋の趣は夕方にかぎるなどといったい誰が言ったのだろう）

『枕草子』の「秋は夕暮れ」を踏まえて詠んでいる。花の名前は分からないが、「まがき」は間を広く開けて結った垣なので、朝顔のような花かもしれない。

小倉百人一首

ながらえばまたこのごろやしのばれむ憂しと見し世ぞ今は恋しき

（この先、生き永らえるならば、今の辛いことなども懐かしく思い出されるのだろうか。昔は辛いと思っていたことが、今では懐かしく思い出されるのだから）

78

俊恵（一一一三～没年不詳）

この世にて六十《むそぢ》はなれぬ秋の月死出の山路も面変りすな

（この世にあって、私が六十歳になる今日まで離れなかった秋の月よ、死出の山路も今と変わりなく照らしておくれ）

「死出の山路」は冥土にあると考えられた山を越える道のことである。この歌の心はそのまま私の中に入ってきて、そして死ぬまで生き続けるだろう。

俊恵は源俊頼［67番］の息子で、源経信［64番］の孫である。三代にわたって小倉百人一首に選ばれた名門の出身である。若い頃は父俊頼から歌の指導を受けたが、十七歳で死別、その後東大寺に入り僧になった。四十歳を過ぎた頃から歌を詠むようになり、京都白川にあった自らの僧坊を「歌林苑」と名付け、二十年ほどの間、多くの歌人が集まって月次歌会や歌合などが行われた。そこには身分・性の区別なく幅広い階層の人々が集まり、藤原清輔、道因、源頼政、二条院讃岐、西行などがメンバーであった。そこでは、生活での困りごとなども相談し合う仲だったらしく、俊恵は面倒見の良い人物であった。七十八歳ぐらいで亡くなったという。勅撰入集は八十四首ある。

「後鳥羽院御口伝」によると、「俊恵はおだしきように（穏やかに）よみき。五尺のあやめ草に水をかけたるように、歌はよむべしと申けり」とあるように、歌風は総体的に穏和で平明であ

る。しかし、歌道に対しては常に厳しく取り組んでいた。たとえば、藤原俊成が自ら代表作としていた

夕されば野辺の秋風身に沁みて鶉鳴くなり深草の里　藤原俊成

という歌に対し、「身に沁みて」などと露骨な表現で言い表してしまったせいで、うすっぺらになってしまったと厳しく批評した。つまり、心情をはっきりした詞で表してしまっては、奥ゆかしさや優美さはなくなってしまうという主張である。その上で、次の歌を自分の代表歌とした。

み吉野の山かき曇り雪降れば麓の里はうちしぐれつつ

（吉野の山が一面に曇り雪が降ると、麓の里はしばしば時雨が降るよ）

俊恵の主張が正しいのかどうかは分からないが、いずれにせよ、俊恵も「幽玄の理想」の追求では、俊成に並ぶほどの域に達していたと思われる。この歌もなんら技巧は凝らしていないが、なんともいえない風情を感じる。俊恵は自然詠や恋の歌を得意としたが、次のような個性的な歌が印象的である。

立田山梢まばらになるままにふかくも鹿のそよぐなるかな

（立田山の山奥では紅葉も散り果てて、梢と梢の間がまばらになったので、鹿がその下を歩くと、

深く積もった落葉がさやさや鳴るのが聞こえるよ）

奥山に紅葉ふみわけ鳴く鹿の声きくときぞ秋はかなしき　猿丸大夫

に通じる鹿の姿を詠っているが、俊恵は鹿の声を詠わずに、落ち葉を踏む音で寂寥感を伝えている。

恋ひ死なむ命をたれに譲りおきてつれなき人のはてを見せまし

（恋こがれて早死する残りの命を誰かに譲って長生きしてもらい、つれない人のなれの果てを見てもらうよ）

僧侶と思えないほど特異な発想だ。男が詠んだのか、女の気持ちで詠んだのか分からないが、贈られた方はきっと怖くなって身を震わせるだろう。げに恐ろしき執念かな。

小倉百人一首

夜もすがらもの思ふころは明けやらで閨のひまさへつれなかりけり

（一晩中恋しい人を思って悩んでいるので、早く夜が明けたらよいと思っているのですが、なかなか夜は明けず、寝室の戸の隙間さえもつれなく感じられます）

79

小侍従（生没年不詳）

待つ宵に更けゆく鐘の声聞けば飽かぬ別れの鳥はものかは

（恋人の訪れを待つ宵に、夜の更けゆくことを告げる鐘の音を聞けば、嫌々別れなければならない朝を告げる鳥の声など、物の数ではありません）

太皇太后多子の「待つ宵と帰る朝とは、いづれかあはれはまされるぞ」との問いに対し、即座に詠んだ歌である。「あかぬ別れ」とは、「飽く」は満足する意なので、不満な別れとなり、後朝《きぬぎぬ》の別れということである。鳥は鶏のことで、朝の別れの時を告げる鳥の声を悲しいものとするのは、古来の恋歌の常識であるが、その鶏の声よりも、夜更けの鐘の音の方がはるかに辛いものだとしている。この歌は発表当時から評判が高く、小侍従は「待宵の小侍従」と通称されるようになった。歌が人口に膾炙してあだ名で呼ばれるようになった女流歌人は他に二条院讃岐［88番］や宜秋門院丹後などがいる。

わが袖は潮干に見えぬ沖の石の人こそ知らね乾くまもなし　　二条院讃岐

二条院讃岐は、小倉百人一首に採られたこの一首で、「沖の石の讃岐」と呼ばれた。讃岐の従姉妹の宜秋門院丹後という女流歌人は、次の歌が評判を取り「異浦の丹後」と言われるようになった。

わすれじな難波の秋の夜半の空こと浦にすむ月はみるとも　　宜秋門院丹後

（忘れはしません、この難波の秋の、今夜の空を。たとえ異なった浦に住んで、そこに澄む月を眺めることがあっても）

曾禰好忠［43番］などは曽丹と呼ばれたが、これはちょっと意味が違っていて、身分が低くて変人と思われていたために蔑まれてこう呼ばれたのであった。

小侍従は石清水八幡別当大僧都光清の娘で、母は歌人の花園左大臣家小大進である。殷富門院大輔［84番］は母方の従姉妹である。小侍従は四十歳頃夫と死別し、その後二条天皇、太皇太后多子、高倉天皇に出仕した。背が低かったので小侍従と呼ばれた。六十歳頃出家し八十過ぎまで生きたという。当時の歌界では花形的な存在で、『無名抄』には、「小侍従ははなやかに、目驚く所よみ据うることの優れたりしなり。中にも歌の返しをする事、誰にも優れたりとぞ」と書かれている。恋の遍歴が華やかで、藤原実定、源頼政、藤原隆信とは特に親密な贈答歌が残されている。さらに、後白河院とも在位時代に後朝の別れを惜しんだことがあるという噂もある。男の歌に答えて才気煥発な返歌を歌うことにかけては第一人者であったのだろう。勅撰入集は五十五首ある。

いづかたの梅の立ち枝に風ふれて思はぬ袖に香をとどむらむ

（いったいどこの梅の枝に風が触れて、その風が知らないうちに私の袖に香を残していった

のだろう）

小侍従らしい艶のある気品の高い歌である。

かき曇り天霧る雪の古里を積もらぬ先に問ふ人もがな

（空もかき曇り暗くなって雪の降る古里を、積もらないうちに訪れてくれる人がほしいなあ）

「天霧る雪」は、空がよく見えなくなるほど雪が降ること。「古里」と「降る」が掛かっている。

上句は、作者の陰鬱な寂しい心境がよく表れている。

80

西行　（一一一八〜一一九〇）

風になびく富士のけぶりの空に消えて行方も知らぬわが思ひかな

（風に吹かれてたなびく富士の煙が空に消えて、その行方も分からない、そのように行き着くところも分からない私の心であるよ）

西行が六十九歳の時、二度目の陸奥への旅で詠んだ歌である。西行自身、「これぞわが第一の自嘆歌と申しし事を思ふなるべし」と評した最高の自信作といわれている。おそらく私だけでなく、ある程度長く生きた人は例外なく、この歌の心が沁み入ってくる。自分のこれまでの人生を振り返ってみたとき去来する思いは、心の行方はいったいどこなのだろうということなのだ。

西行の本名は佐藤義清《のりきよ》。奥州藤原氏を祖とする武士の家に生まれ、武芸、特に弓術に優れ、管弦や蹴鞠も得意だった。若くして鳥羽院の北面の武士になった。北面の武士は御所に詰めて警護にあたる武士のことで、見栄え・教養・武芸が要求されるエリート中のエリートなのである。同僚には平清盛もいた。しかし、二十三歳の時、北面の武士を突然辞め、出家する。『西行物語絵巻』によると、まとわりつく四歳の娘を縁側から庭に突き落とし、泣くばかりの妻を振り切って出家したという。当時の人々は、突然の西行の出家に驚愕するとともに、藤原頼長の日記『台記』には、「人これを嘆美するなり」とも書かれている。出家の動機は待賢門院への失恋、政治的原因、遁世への憧れなどの説が挙げられているが、よく分かっていない。

あの大小説家の井上靖でさえ、『西行――さすらいの歌人』のなかで、「一小説家である私には、西行を小説の主人公にする勇気がない。出家する動機が書けないからである」と述べている。なお、この本は西行の選りすぐりの和歌を年代別に解説した名著で、写真も美しく、私の愛読本である。

出家後の西行の生き方は不明な点が多いが、仏道と詠歌に励み、諸国を旅し、七十三歳で没している。

願はくは花のしたにて春死なむそのきさらぎの望月のころ

(もし願いが叶うならば、春になって桜の花が満開になった下で死にたいものだ、如月の満月の頃に)

西行は月と花をこよなく愛した歌人である。如月の望月二月十五日は釈迦入滅の日である。実際、西行は二月十六日に、まさに満月の日に死んだのである。歌の予言が実現したということで、俊成など当時の歌人たちは非常に尊敬したという。私の母は西行のこの歌が大好きで、自分も西行にあやかって如月の頃に死にたいと常々言っていたが、本当に突然思い立ったようにそういう結果になってしまった。

西行の歌風は率直質実で、人の心を打ち魂に沁み入るような歌である。研ぎ澄まされた閑寂の美を隠棲和歌に盛り込み、気品の高い歌が多い。西行の生涯を描いた辻邦生の小説『西行花伝』の中で、著者は西行本人に「歌は胸の内からこみ上げてくる真の高揚を言葉の編目で捉えるものだ」と語らせている。
西行は俊成とともに、『新古今和歌集』の新風形成に大きな影響を与えた。勅撰入集は二六七首あり、『新古今和歌集』には最多の九十四首採られている。

心なき身にもあはれは知られけり鴫《しぎ》立つ沢の秋の夕暮れ

（ものの哀れを解しないわが身にも、哀れ深い趣は分かるのだった。鴫が飛び立つ沢辺の秋の夕暮れ）

よられつる野もせの草のかげろいて涼しく曇る夕立の空

（もつれ合った野原一面の草がふと陰って、見れば涼しげに曇っている夕立の空よ）

葉隠れに散りとどまれる花のみぞしのびし人に逢う心地する

（葉隠れに散り残っている桜の花、それだけだ、ひそかに恋慕っていた人に出逢った心持ちになれるのは）

西行には二千首を越える歌があるが、その中には仏教にかかわるものはほとんどない。なぜなら西行は本地垂迹《すいじゃく》説を信じていたからである。本地垂迹説とは、神は仏が世の人を救うために姿を変えてこの世に現れたとする神仏同体の説である。心を込めて日本の風景や風物を歌にすれば、それはお経を唱えたり仏像を彫ったりすることと等しいことなのだと考えていた。西行の伝統を引き継いだのが、おなじように本地垂迹説をとった松尾芭蕉である。西行への傾倒は非常に強く、そもそも『奥の細道』は、五百年前の西行の跡をたどろうとすることが目的だったのである。

小倉百人一首

なげけとて月やはものを思はするかこち顔なるわが涙かな

（嘆き悲しめと月は私にもの思いをさせているのだろうか。いや、そうではあるまい。まるで月のせいにして私の涙は流れているだけなのだ）

81

寂蓮（生年不詳〜一二〇二）

思ひ立つ鳥は古巣もたのむらむ馴れぬる花のあとの夕暮

（巣に帰ろうと思い立った鶯は、谷に残してきた古巣をあてにしているだろうが、私は慣れ親しんできた桜の花が散ったあとの夕暮れの寂しさをどうしたらいいのだろう）

古巣は、春になるまで棲んでいた谷などにある巣のことである。花が散っても鶯には帰るべき古巣があるが、家を捨ててしまった私には花のほかに身を寄せるところはないのだ、という意。寂しい夕暮れの中に取り残された孤独感を詠いあげている。

花は根に鳥は古巣に帰るなり春のとまりを知る人ぞなき　崇徳院

この歌を意識していることは間違いないが、寂しさの余韻は掲載歌の方がはるかに強い。

寂蓮の本名は藤原定長。俊成の弟・阿闍梨俊海の息子である。御子左《みこひだり》家を継ぐため十二歳の頃伯父・俊成の養子になる。しかし、その後俊成には定家が生まれ、定家が英才を現すようになったので、寂蓮は養子を辞退し、三十代半ばで出家した。諸国を行脚し、晩年は嵯峨に住み、後鳥羽院より播磨国明石に領地を賜ったという。

歌壇では御子左家派の重要な一員として活躍、後鳥羽院歌壇でも中核的な歌人であった。歌の判定をめぐって、対立する六条家の顕昭と激しく言い争った逸話が有名だ。顕昭は真言宗の僧侶なので独鈷《とっこ》を振り上げ、寂蓮は僧形の頭を振り立てて争ったので、周りの女房たちは「独鈷鎌首」と面白がったという。後鳥羽院より『新古今和歌集』の選者の一人に任命されたが、完成を見ずして六十過ぎに亡くなった。勅撰入集は一〇六首ある。

『歌仙落書』では「風体あてやかに美しきさまなり。弱き所やあらむ。小野小町が跡を思へるにや。美女の悩めるを見る心地こそすれ」と評されている。歌風は繊細で技巧に富んでおり、寂蓮の歌には心が締めつけられるような孤独の寂しさが潜んでいるように感じられる。そのような歌風に合っているのか、寂蓮は「夕暮」を詠うのを得意としており、特に「秋の夕暮」の歌は調べただけでも六首もある。いわば、「秋の夕暮れ」スペシャリストだ。

寂しさはその色としもなかりけり槙立つ山の秋の夕暮れ

（寂しさは、どの色が特に寂しいというわけでもないのだった。杉檜が茂り立つ山の秋の夕暮れ）

「その色」は色彩そのものを指すほかに、抽象的な様子や気色をも含んでいると解釈されている。この歌は西行、定家の歌とともに「三夕《さんせき》の和歌」の一つに挙げられており、『新古今和歌集』の秋の部に入っている。

心なき身にもあはれは知られけり鴫立つ沢の秋の夕暮れ　西行

見わたせば花も紅葉もなかりけり浦の苫屋の秋の夕暮れ　定家

「三夕の和歌」の中でどれが好きかと問われたら、私は西行の歌を選びたいが、「秋の夕暮れ」の歌全体の中では、寂蓮の小倉百人一首掲載歌が一番好きだ。

小倉百人一首

村雨の露もまだひぬ真木の葉に霧立ちのぼる秋の夕暮れ

（にわか雨が通り過ぎ、残した露もまだ乾ききらないのに、真木の葉のあたりにはもう霧が立ちのぼっていく秋の夕暮れである）

寂蓮の深い寂寥感を内包した二首を挙げる。

暮れてゆく春のみなとは知らねども霞に落つる宇治の柴船

（過ぎ去ってゆく春の季節がどこに行き着くのか、それは知らないけれど、柴を積んだ船が霞のなか宇治川を下ってゆく）

なぐさむる友なき宿の夕暮にあはれは残せ荻の上風

（孤独を慰める友もなく、庵で過ごす夕暮時、私を気の毒に思うくらいの気持ちは示していってくれ、荻の上葉をざわめかせてゆく秋風よ）

82

皇嘉門院別当《こうかもんいんのべっとう》（生没年不詳）

思ひ川いはまによどむ水茎をかき流すにも袖は濡れけり

（思い川の岩間に淀んでいる水草を払いのけようとすれば袖は濡れてしまう。そんなふうに、あなたとの仲が淀んでしまったので、思いを手紙に書くにつけ、私の袖は涙で濡れてしまった）

「思ひ川」とは、恋心を川に喩えたものである。「いはま」は岩間で、「(思ひを) 言はむ」の意を掛けている。「水茎」は筆・筆跡のことで、水草の茎の意を掛けている。初二句は「水茎」を導く序詞の役割をしている。さらに、「よどむ」「水」「ながす」「ぬれ」などはすべて川の縁語である。このように、川の水草によって袖が濡れてしまうことを詠っているように見えて、実は、恋文を書きながら涙を流している心情を詠っているのである。序詞、掛詞、縁語のオンパレードといってもよいほど技巧を凝らした歌であるが、一見そう見えないところが憎らしい。

皇嘉門院別当は太皇太后宮亮源俊隆《ぐうのすけ》の娘である。崇徳院皇后聖子（皇嘉門院）に仕えた。別当とは、女院につかえる女官を束ねる長官のことであるから、有能な第一秘書のようなものである。勅撰入集は九首あるが、名前も、どのような人物かも全く分かっていない。年代的には、崇徳院や西行と同世代かと推測されている。

実は、この百人の歌人を選ぶ際、最後の百人目を皇嘉門院別当か小式部内侍か儀同三司母の誰にしようかとずいぶん迷ったのである。三者とも際立った歌人というわけではなく、甲乙つけがたく、残された歌もそれほど多くはない。それで、皇嘉門院別当を選んだのは、勅撰入集首の数が九首と最も多かったことと、小倉百人一首に選ばれた歌を比較したときに、最も艶麗で強い印象を受けたからであった。

小倉百人一首

難波江の葦のかりねのひとよゆゑ身をつくしてや恋わたるべき

（難波の入江に生えている葦の刈り根のひと節ほどの短いひと夜でしたが、私はこれからこの身を尽くして、あなたに恋しなければならないのでしょうか）

この歌も四つの縁語、四つの掛詞が入っている相当技巧に凝っている歌である。しかし皇嘉門院別当の歌の中には、すっきりと恋心を詠った歌もある。

帰るさは面影をのみ身にそへて涙にくらす有明の月

（帰り道は、貴女の面影だけを身に添えて、涙のために有明の月も見えなくなりました）

恋人の男に成り代わって後朝の歌を詠んでいるわけだが、恋人を見送った後の自分の心を歌いあげていることは確実であろう。

83

式子内親王（一一四九〜一二〇一）

小倉百人一首

玉の緒よたえなばたえねながらへば忍ぶることの弱りもぞする

（わが命よ、絶えるならばいっそ絶えてしまえ。生きながらえていると堪え忍ぶ力が弱くなってしまうかもしれない）

小倉百人一首掲載歌である。小倉百人一首のなかで最も人気のある歌の一つではないだろうか。もし、小倉百人一首の中で最も好きな歌を挙げなさいと言われたら、どれを選ぶだろうか。私の場合一つに絞ることはできないが、もし三首選んでもよいと言われたら、紀友則、寂蓮、式子内親王の歌を選ぶ。

玉の緒とは、魂と身体を結び付けていると考えられた緒のことだが、ここでは命そのものを指す。この歌の上句のほとばしるような激情の凄さはどうだろう。「私の命が絶えるならば絶えてしまえ」と言っているのである。一転して下句はせつなく悲しい調べとなり、恋心が現れて人に知られてしまう哀切さを嘆いている。忍恋の神髄がここにある。当時は、忍ぶ恋が最も純粋な愛の形であり、人に知られると汚れてしまうと考えられていた。現代ではこんな奥ゆかしい女の人はまずいないだろう。この歌はいったい誰に向かって詠われたものだろうか。詞書には「百首歌の中に忍ぶる恋を」とあるので、単なる題詠であるのか、それとも本当に忍ぶ恋をしていたのかどうか、永遠の謎である。

式子内親王は後白河天皇の皇女である。正式な読み方が不明なので「しょくし」とか「しきし」「のりこ」などと呼ばれているが、「しきし」が最もイメージに合うような気がする。同母弟に守覚法親王、以仁王がおり、高倉天皇は異母兄にあたる。以仁王は源頼政とともに平家打倒に立ち上がり、戦死したあの悲劇の皇子である。式子内親王は十一歳の若さで賀茂斎院《いつきのいん》となり賀茂神社に奉仕し、二十一歳の時病のため退下した。斎院は伊勢の斎宮と同じく、未婚の皇女から選ばれ、天皇の崩御か自身の病気などによって務めが終了する。式子内親王はその後も孤独で清浄な生活を送り、生涯独身を貫いて五十三歳で亡くなった。

式子内親王は新古今集時代の代表的な女流歌人で、勅撰入集は一五七首もある。俊成を和歌の師匠とし、俊成の歌論書『古来風躰抄《こらいふうていしょう》』は内親王に捧げられたものである。定家とも親しく、たびたび御所に出入りさせている。内親王の歌風について萩原朔太郎は、「彼女の歌の特色は、上に才気煥発たる理知を研いて、下に火のような情熱を燃焼させ、あらゆる技巧をつくして、内に盛りあがる詩情を包んでいることである。即ち一言にして言えば、定家の技巧主義に万葉歌人の情熱を混じている」と述べている。

内親王の私生活はほとんど不明だが、定家の『明月記』には、十九歳の定家が俊成に連れられて二十八歳の内親王のもとに初めて訪れた日の興奮や、病気がちの内親王を気遣う様子などが記載されている。亡くなる前年には三十六回も訪れている。これらのことから、定家と内親王の間には恋愛関係があったとする説も見られる。肯定派も否定派もいろいろなことを言っているが、確固たる論拠はないので真実は分からない。しかし、定家が九歳年上の内親王に対し憧れを抱き続けたことは間違いない。内親王ははたして美人であったかどうか。父方の祖母待賢門院も母の藤原成子も絶世の美女であったし、このような幽玄な静寂美の歌を詠う内親王が美女でないはずがないと私は思うのである。

声はして雲路にむせぶほととぎす涙やそそぐ宵のむらさめ

（声は聞こえているものの姿は見えず、雲の中でむせぶように鳴くほととぎすよ、その涙がそそぐのか、今宵の村雨は）

残りゆく有明の月のもる影にほのぼの落つる葉隠れの花

（空に残り続ける有明の月、漏れてくるその光によってほのかに照らされながら落ちてゆく葉隠れに散り残った花よ）

かえりこぬ昔を今と思ひ寝の夢の枕に匂ふたちばな

（帰ってこない昔を、今のことのように思いながら寝て見た夢から目が覚めると、枕辺に橘が香っていました）

これらの玲瓏たる調べに恍惚状態になってしまうのは私だけだろうか。どの歌も、気品が高く繊細でありながら、すべての句が見事なまでに緊張感で貫かれている。私にとって、式子内親王は和泉式部と並んで、最も重要な歌人の一人である。

84

殷富門院大輔《いんぷもんいんのたいふ》（生没年不詳）

花もまた別れむ春は思ひ出でよ咲き散るたびの心づくしを

（桜の花の方でも、私と死に別れる春は思い出しておくれ。おまえが咲くたび散るたびに私が気をもんだことを）

「別れむ春」を、「桜の花が春に別れを告げる」という解釈もあるが、「作者と死に別れる」という解釈の方が適切だろう。桜を愛した自分がこの世から消えても、春になれば何事もなかったかのように桜は咲くのだろう。花に呼びかける歌は少なくないが、こんなにもおまえのことに気を使い果たした私のことを思い出してくれ、という切々たる情は心に残る。

殷富門院大輔は藤原信成の娘であるほかは、名前も生没年も分かっていない。小侍従は母方の従姉にあたる。殷富門院大輔は若くして、後白河天皇の第一皇女、亮子《りょうし》内親王に仕えた。亮子内親王はあの式子内親王の姉で、伊勢の斎宮となり、その後は安徳天皇、後鳥羽天皇の准母となり、殷富門院となったので、作者も殷富門院大輔と呼ばれた。殷富門院の落飾に従い出家した。七十歳ぐらいに没したという。

小侍従、二条院讃岐とともに当時の代表的女流歌人である。俊恵の歌林苑の常連で、定家、家隆、寂蓮と親しく、西行や頼政とも親交があった。『無名抄』の中で俊恵の言葉として、「大輔は歌の道に深くて教養があり、根強く工夫して歌を詠む」ということが書かれている。技法的には本歌取りや初句切れを多用し、俊成に学んだ先進的な詠みぶりであった。また、非常な多作家で、「千首大輔」という異名があった。勅撰入集は六十三首ある。

定家は大輔の三十歳年下であるが、『明月記』に大輔と仲が良かったエピソードがみられる。定家が、夜になって降り出した雨に、秋を惜しむせつない気持ちがわき上がり、大輔のもとを訪れた。文学や芸術の話で盛りあがっていると、深夜、同じせつなさを胸に、従兄で親友の藤原公衡までが馬でやってきた。大輔は感動し、ほかの女房たちも加わって夜明けまで和歌、連歌を楽しんだという。また、行動派の女人であったらしく、四天王寺や住吉大社を参詣し、比叡山では女人結界まで登り、「これより先、女は登れないとは悔しい」などと書き残している。

春風のかすみ吹きとくたえまより乱れてなびく青柳の糸

（春風が吹き、立ちこめた霞の衣をほぐしてゆく、その絶え間から風に乱れてなびく青柳の枝が見えます）

よしさらば忘るとならばひたぶるにあひ見きとだに思ひ出づなよ

（それならいいわ。私を忘れるというなら、徹底的に忘れてよ。逢ったとさえ思い出さないでよ）

恋歌に関しては、小倉百人一首の歌もそうであるが、姉御肌で男勝りの性格が歌に反映しているようで、消え入るような忍恋歌よりも男に迫るような激越な歌が多い。

小倉百人一首

見せばやな雄島《をしま》のあまの袖だにも濡れにぞ濡れし色はかはらず

（血涙で色が変わってしまった私の袖をあなたにお見せしたいものです。あの雄島の漁師の袖でさえ、毎日波しぶきに濡れていても、少しも変わらないものなのに）

85

鴨長明 （生年不詳～一二一六）

夜もすがらひとり深山のまきの葉に曇るも澄める有明の月

（夜通しひとり起きて、月を眺めていた。暁になり、奥山の真木の葉に曇らされていると見えながら、実は澄んでいる有明の月が見えるよ）

「曇るも澄める」が難解だが、この詞は不思議な魅力を放っている。一見矛盾するどころか、正反対の意味である。これについてはいろいろな解釈がなされており、これが正解だというものはなさそうである。たとえば、「真木の葉に遮られて曇っていたのが、暁には梢を離れ、澄んで見えるようになった」とか、「実際には澄んでいる月なのだが、涙で曇ったように見える」というような解釈がなされている。しかし、私はもっと別のように捉えたい。真木は杉や檜のような針葉樹を指すのでその葉は細くて、樹が立て込んで重なっていても、葉の間から月が透けて見えることがある。葉を通して月を見たときに、澄んでいる月が曇って霞んでいるように見えたのではないだろうか。私にはどうもそんなふうに思える。実際、私が子どもの頃、家の近くの八幡神社の杜でそのような月を見たことがあるような気がするのだ。

鴨長明は下鴨神社の禰宜《ねぎ》鴨長継の息子である。幼時から二条天皇中宮で後の高松院にかわいがられ、七歳にして従五位下に叙せられたが、以後生涯昇進しなかった。十八歳の時父が没し、三十歳まで祖母の屋敷に住み、祖母に溺愛された。結局、父の後を継ぐことは叶わず、和歌や琵琶に打ち込むようになり、和歌は俊恵に入門して「歌林苑」の会衆として活動した。四十七歳の時後鳥羽院により和歌所寄人に任ぜられたが、四年ほどで辞任し出家した。各所を転々とし、晩年には『方丈記』を著し、六十二歳で亡くなった。勅撰入集は二十五首ある。

鴨長明といえば『方丈記』の作者として日本文学史上に不滅の名を留めた。『方丈記』は『枕草子』『徒然草』と並んで古典日本三大随筆と呼ばれ、多くの人々に読まれてきた。「世の中のすべてのものは常に移り変わり、いつまでも同じものはなく、やがて滅んでいく」という無常観の思想を表した。『方丈記』の現代語訳を読んでみて、最も心に残っているのは、「それ、三界は、ただ心ひとつなり」で始まる三十四章である。この章で、長明は、何事も心の持ち方しだいであることを説いている。つまり、心の安らぎは心の持ち方から生まれる。とすれば、心の持ち方を自由に変えられることができるようになれば、心の安らぎは思いのままになるということである。

晩年に著した歌論書『無名抄』は、和歌の変遷、歌人の評価、技法の分析などを問答形式で論じたもので、中世和歌研究には必須の書と言われている。また、和歌所寄人に選ばれたり、鎌倉の源実朝将軍に招かれて歌話を講じたりと、和歌には相当造詣が深い。自身の詠歌にも新古今調のキラリと光る歌がいくつか見られる。

思ひあまりうち寝る宵のまぼろしも浪路を分けて行きかよひけり

（恋しさのあまり、ふと眠り込んで見た宵の夢で、幻たるわが身も波を分けて行き、海の向こうの恋人のもとへ往き通うのだった）

秋風のいたりいたらぬ袖はあらじただ我からの露の夕暮れ

（袖によって秋風が届いたり届かなかったりすることはあるまい。夕暮れに私の袖が露のように涙で濡れるのは、ただ自分の心の悲しさゆえなのだ）

「露の夕暮れ」は長明が初めて使った新しい表現で、後に俊成が本歌取りをしている。

荒れわたる秋の庭こそあはれなれまして消えなむ露の夕暮れ　　藤原俊成

（一面に荒れ果てた秋の庭は哀感が深い。ましてや私が露のように消えてしまったあとの夕暮れの哀れさはどうだろう）

86

藤原忠良（一一六四～一二二五）

さらにまた時雨をそむる紅葉かな散りしく上の露のいろいろ

（散った後でもさらにまた時雨を染める紅葉であるよ、散り敷いた葉の上の水滴がさまざまな色に映えている）

この鮮やかな歌を見つけたとき、胸の内で快哉を叫んだ。落葉の上に置いた時雨の雨粒を、紅や橙や黄色や茶色の落葉が様々な色に染めて映えていると見なした。想像するだけで、目の裏に無数のきらきら輝く粒がちりばめられ、幻想的な世界が拡がってゆく。当時の常識では、時雨が木の葉を染めると考えられていたが、この歌では、さらにその続きとして、今度は紅葉が時雨を染めるのだと言っているのである。すばらしい感性を持つ歌人だ。

くれないに木の葉の色のなりぬれば時雨をそむるもみぢなりけり　慈円

慈円の類似歌も見られるが、掲出歌の方は色彩が豊かで、落葉の美しさが強調されており、より深い情緒が感じられる。

藤原忠良は藤原忠通の孫にあたり、六条摂政藤原基実の次男である。母は藤原顕輔の娘。藤原兼実、慈円の甥で、藤原良経の従兄、藤原清輔の甥にあたる。何が何だか分からなくなってしまったが、一言で言えば、有名歌人の血筋に繋がる良い家柄の公家なのである。大納言まで出世し六十二歳で没した。経歴からも分かるとおり、六条家の歌人として活躍し、勅撰入集は六十九首にも及ぶ。名歌人であることは間違いないが、現代においては藤原忠良を知る人はごく少ないと思われる。

小倉百人一首に選ばれなかった歌人は知名度が低く情報も少ないので、人物像が分かりにくい。米田有里の論文「藤原忠良について」(早稲田大学大学院教育学研究科紀要別冊　二〇一八)によると、「歌人としての本質は題詠ではなく日常詠であった。従来六条家の歌人として扱われてきたが、生涯後半期になると、定家などの新風和歌に積極的な関心を抱いていた」ということである。これも漠然としていて、人物像は明確に浮き上がってこない。いずれにせよ、歌風から推測すると、繊細な情感を持つロマンチストではないかと思われ、一晩お酒を酌み交わしてみたいような人である。

あふち咲く外面《そとも》の木かげ露おちて五月雨はるる風わたるなり

(梅檀《せんだん》の花が咲く家の外の木陰を眺めれば、そこから露がしたたって、五月雨が晴れる風が吹き渡ってゆく)

夏深き杜の下陰風すぎて梢をわたるひぐらしの声

(夏も深まり、深く繁る森の下陰に風が吹きすぎてゆく。その風に乗るようにして蜩の声が梢を渡ってゆく)

これらの二つの和歌に共通する点は、上句は比較的近景の情景を描き、下句では視点をはるか空に向け、吹き渡る風や蜩の声を詠いあげるという見事な転換である。爽快なる読後感が気持ち良い。藤原忠良は知られざる名歌人だ。

87

藤原良経（一一六九～一二〇六）

忘れじと契りて出でし面影は見ゆらんものを古里の月

（お互いに忘れまいと約束して古里を出た私の面影は、古里の空に出ている月にも映って見えているのだろうか）

「見ゆらんものを」に思いの丈が尽くされている。古里に残してきた恋人にもこの月は見えているであろうに、それにもかかわらず、便りもないし夢にも出てこないと、嘆息しているのである。この歌を見つけたとき、遠い昔、山形の里から東京の大学に出てきたときのことを思い出した。大都会の東京にも田舎と同じような月は出るのかと眺めていると、突然望郷の念に襲われ、古里に残してきたガールフレンドの面影を月の中に探し求めた、あの哀愁の夜のことを。

藤原良経は藤原忠通の孫で、九条関白兼実の次男である。慈円は叔父にあたる。名門に生まれ順調に昇進して九条家を継ぎ、若くして摂政太政大臣となる。早熟の天才といわれ、漢詩文や書に優れ、和歌の創作も盛んだった。和歌は俊成を師とし、叔父の慈円からも指導を受けるなど恵まれた環境にあった。七歳年下で九条家の家司として出仕していた定家とは切磋琢磨しながら御子左家の後見人として活躍した。後鳥羽院に深く信頼され、『新古今和歌集』の選進には、和歌所寄人筆頭として中心的な役割を果たし、仮名序を執筆した。『新古今和歌集』には西行、慈円に次ぎ第三位の七十九首が入首している。勅撰入集は三二〇首にも及ぶ大歌人である。

しかし、良経は三十八歳のとき突然亡くなった。どこも悪い様子はなかったが、ある日就寝中に亡くなっていたという。天上から槍で刺されたなどという説も見られるが、病死なのか他殺なのかはよく分かっていない。

『後鳥羽院御口伝』によると、「良経の歌は、気宇の大きい気品のある美しさで、特別に力んだ目立つ言葉などはないのに、どの歌も深い情緒があるようにみえるのは不思議と言うしかない」と天与の才を讃えている。爽快感のある美しい歌を多く詠んだ。『新古今和歌集』の冒頭歌を飾ったのは良経の歌であった。

み吉野は山もかすみて白雪のふりにし里に春は来にけり

（吉野は山も霞んで、昨日までの白雪の降り積もっていた古里にも春はやってきたのだなあ）

すべての詞は平凡に見えるが、荘重な風格は冒頭歌にふさわしいものがある。なお、『新古今和歌集』の二番から七番までは、後鳥羽院、式子内親王、宮内卿、俊成、俊恵、西行と名歌人が連なっている。

うちしめりあやめぞかをるほととぎす鳴くや五月の雨の夕暮れ

（降り続く雨にひどく湿って、軒に飾った菖蒲がほのかに香り、ほととぎすが鳴く五月の雨の夕暮れよ）

繊細で鮮やかな一首である。周囲の空気をぴたりと押さえるような凛然とした美しさがある。

梅雨で肌が湿っぽくなる感じ、菖蒲の花の香り、ほととぎすの哀れな鳴き声、窓から見える五月雨の夕闇。触覚、嗅覚、聴覚、視覚のすべてが同時に一体化した抽象の妙技である。天才だと思わせる一首だ。

幾夜われ波にしをれて貴船川袖に玉散るもの思ふらむ

（幾夜私は波にぐっしょり濡れて貴船川にやってきては、袖の水玉が飛び散るような、魂もさまようほどのもの思いをするのだろうか）

「玉散る」は「涙」を喩えている。

もの思へば沢の蛍も我が身よりあくがれいづる魂《たま》かとぞみる　　和泉式部

貴船川で詠われた和泉式部のこの名歌が思いおこされ、「玉」は「魂」をも暗示していると考えられる。

小倉百人一首

きりぎりす鳴くや霜夜のさむしろに衣かたしきひとりかも寝む

（こおろぎがしきりに鳴いている霜の降るこの寒い夜に、むしろの上に衣の片袖を敷いて、私はたったひとり寂しく寝るのだろうか）

88

二条院讃岐（生没年不詳）

露は霜水は氷に閉じられて宿かりわぶる冬の夜の月

（冬になればことごとく凍ってしまい、露は霜となり水は氷に閉じ込められてしまう。春夏秋は露や池の水に宿ることができたが、冬になって宿ることができなく辛い思いをしている夜の月よ）

宿るところがなくて、寂しくて辛い思いをしている月を、月に成り代わって嘆いている発想が珍しい。讃岐が還暦の頃詠んだ歌であることを考えると、その月は孤独な自分であり、老いさらばえた現在を喩えているのかもしれない。

二条院讃岐は源頼政の娘で、源仲綱は異母兄、宜秋門院丹後は従姉である。父の頼政と兄の仲綱は以仁王とともに平家打倒に立ち上がり、宇治川の合戦で敗れた武将である。讃岐は幼い頃から父と兄に歌を学び、十八歳の時二条天皇に仕えた。二条天皇崩御後は、陸奥守などを勤めた藤原重頼と結婚し二児をもうけた。その後、後鳥羽天皇中宮で後の宜秋院に再出仕する。父と親しかった俊恵の「歌林苑」での歌合にも参加した。還暦の頃出家し、その後も後鳥羽院歌壇で活躍した。七十代後半に没したという。『歌仙落書』によると、「風体艶なるを先とし、いとほしきさまなり。女の歌かくこそあらめとあはれにも侍るかな」、つまり、思わせぶりでいじらしい、女の歌はこうありたいものだと評されている。勅撰入集は七十三首ある。

最近、讃岐の実人生は通説とは異なるという新説が伊佐迪子《みちこ》著「二条院讃岐の実人生」（佛教大学大学院紀要）で提唱された。伊佐迪子は、藤原兼実の日記『玉葉』の中に、讃岐が三十三歳のとき本妻として兼実家に入ったという記述を発見したのだ。兼実は当時、摂政関白太政大臣という最高権力者で、歴史的にも重要な政治家であった。讃岐が兼実の子を流産したことや、病弱な兼実を献身的に介護したことなどが分かり、讃岐の知られざる人生が明らかにされた。

山たかみ峰のあらしに散る花の月にあまぎるあけがたの空

（山が高いので、峰を吹く強い山風のために散る花が、月の光を遮り曇らせている明け方の空よ）

曙に桜が散るという神秘性に加え、桜吹雪が月の光を曇らせる動的な情景がなんとも幻想的だ。

世にふるは苦しきものを真木の屋に安くも過ぐる初しぐれかな

（この世を生きてゆくのは苦しいことなのに、真木で葺いた屋根をさもやすやすと音を立てて降り過ぎる初時雨よ）

「苦しきもの」と「安くも」を対比させ、時雨を擬人化した工夫が面白い。

小倉百人一首

わが袖は潮干に見えぬ沖の石の人こそ知らねかわく間もなし

（私の袖は、潮が引いたときも水面に見えない沖にある石のように、あなたは知らないでしょうが、涙で乾くひまさえありません）

この歌は、恋を沖の石に結びつけた発想がすばらしいと評判になり、讃岐は「沖の石の讃岐」と呼ばれるようになった。しかし、この歌が和泉式部の本歌取りであることに注目する人は少ない。

わが袖はみづのしたなる石なれや人にしられでかわくまもなし　　和泉式部

（密かにあなたを愛する私の心は、水の下にある石のようです。他人に知られぬまま私の袖は涙に濡れて乾く間もありません）

89

藤原秀能《ひでよし》（一一八四〜一二四〇）

夕月夜潮満ち来らし難波江の葦の若葉をこゆる白波

（月が出ている夕暮、難波江には潮が満ちてくるらしい。葦の若葉を越えて寄せる白波よ）

ひそやかな春景の一瞬を捉えた官能的な作品である。「夕月夜」は夕方の空に出てくる上弦の月のこと。この歌の主体は月である。月は潮の満干をもたらし、夕暮れの難波江の遠浅の海を照らす。ひたひたと満ちてくる潮は、春の芽吹いた葦を越えるとき、ささやかな音とともに白い波頭をつくる。そして、夕月はその葦の若緑と混じり合う白い小さな波を鮮やかに照らし出すのである。遠景から近景へとフォーカスする流れや、色彩の美しさは見事である。この一首をもってして、藤原秀能は名歌人と呼んでも良いだろう。黄昏の満潮時の入江の景と来れば、山部赤人の名歌も意識したであろうか。

若の浦に潮満ち来れば潟をなみ葦辺をさして鶴鳴き渡る　山部赤人

藤原秀能は河内守藤原秀宗の子である。秀宗は平家出身だが、藤原秀忠の跡を継いで藤原を名乗った。秀能は十六歳の若さで後鳥羽院の北面の武士になり、後鳥羽院の寵愛を受けた。よほど秀麗で才能抜きん出た若者であったのだろう。官位も進み、出羽守に至る。承久の乱の際は後鳥羽院側の大将になったが、敗れて熊野で出家して如願を名乗った。
　歌人としても後鳥羽院の殊遇を受け、鴨長明や藤原隆信とともに十八歳で和歌所の寄人に抜擢され、『新古今和歌集』の編纂作業にも参加している。後鳥羽院歌壇で活躍し、院が隠岐に流された後も院を慕って消息を絶やさなかった。秀能の養子医王丸も後鳥羽院の寵童で、隠岐遷幸に従って行き、崩御後お骨を京に持ち帰った。秀能は藤原雅経や藤原家隆と親交が深かった。『増鏡』によると、「昔は西行という北面の武士出身の歌聖がいたが、今は秀能がそれに勝るとも劣らない」と高く評価されている。なるほど、声調の美しさは比類がなく、歌を口ずさめば心が澄んでくるような感じがする。勅撰入集は七十九首ある。

葦の葉に風秋なりと聞きしより月すさまじくすむ心かな

（葦の葉のそよぐ風の音が秋になったように聞こえた。その時から、月の光は荒涼と冴えわたり、私の心も冷たく澄んでいる）

「すさまじい」は「ものさびしく荒れ果てた」と、「冷ややかな」という意味がある。もの寂しく冷ややかに澄んでいるのは月ばかりではなく、自分の心もまたしかりなのである。

うたた寝のうすき袂に秋たちて心の色ぞまづかはりけり

（うたた寝からふと目覚めると、夏衣の薄い袂に風が冷たくて、秋の到来を感じつつ、真っ先に私の心の色が変わったのだった）

「いろ」は当然色彩の「色」を表すが、「ほのかな徴候、おもむき」の意味もある。秋は木々を紅葉させるが、真っ先に色が変わってしまったのは私の心なのだという。

以上挙げた三首とも、季節の移り変わりを敏感に感じ取ることができる作者の能力が発揮されたものである。

90

源実朝　（一一九二〜一二一九）

萩の花くれぐれまでもありつるが月出でて見るになきがはかなさ

（萩の花は日が暮れようとする頃まで残っていたが、月が出て庭を見に行くと、もう無くなっているとは儚いことよ）

夕方まではわずかに残っていた萩の花が、月明かりで見るともう散っていたとはなんと儚いことだ、と詠んでいる。悲劇の青年将軍が詠んだ歌にふさわしく、この和歌の中には儚い哀しみが低奏低音として流れている。

源実朝は源頼朝の次男で、母は北条政子である。兄である鎌倉幕府の第二代将軍源頼家が二十三歳で謀殺されたので、十一歳の若さで第三代将軍に就いた。実権は北条氏に握られ、政治的手腕を発揮する機会はあまりなかったが、積極的に朝廷と幕府との融和を図り、武士同士の争いを未然に防ぐことに心を砕いた。和歌と蹴鞠に浸り、官位昇進に熱意を示し、武家では初めて右大臣となった。二十八歳のとき、鶴岡八幡宮で甥の公暁に暗殺された。

実朝は優しい人柄で細やかな鋭い感性を持っていた。和歌は十五歳の時に定家に入門し指導を受けた。生涯定家と面会することはなかったが、定家より「詠歌口伝」（現存の「近代秀歌」）や『万葉集』『新古今和歌集』などが贈られた。歌風は万葉・新古今調を併せ持つ独自の風格を備えており、優美でスケールの大きいのが特徴だ。正岡子規は実朝を激賞し、「人麻呂の後を継ぐのは実朝だ」とまで言っているが、それは少し言いすぎであろう。

箱根路をわが越えくれば伊豆の海や沖の小島に波の寄るみゆ

（箱根路を我らが越えてくると、うち出づるところは伊豆の海、その沖の小島に波の寄せるのが見える）

大海の磯もとどろに寄する波われてくだけて裂けて散るかも

（大海の磯をとどろかすように寄せる大波、割れて砕けて裂けて散るのだなあ）

なるほど、この二首は確かにスケールが大きく、格調高い凛とした響きを持つ。万葉調でありながら、古くささが全く感じられない。後者の「われてくだけて裂けて散る」という表現は、あたかも少年が詠むような未完成さを匂わせるが、口ずさめば口ずさむほどものの凄い。

実朝が残した歌を見るとき、二十八歳の若さで非業の死を遂げた将軍という視点で鑑賞しがちであるが、実際、彼は自らの遠からぬ死を予感していたのではないだろうか。そうとしか思えないような、死の予感が濃厚に投影している歌がいくつかある。

咲きしよりかねてぞをしき梅の花ちりのわかれは我が身と思へば

（咲いたときからもう散ることを考え、愛惜される梅の花よ、散って別れるのは私の命の方が先だと思えば）

出でていなば主なき宿となりぬとも軒端の梅よ春を忘るな

（私が出て行ったなら、たとえ主人のいない家となってしまうとも、軒端の梅よ、春を忘れずに咲いておくれ）

この歌は、暗殺される当日の朝に詠んだ辞世である。

小倉百人一首

世の中は常にもがもな渚こぐあまの小舟の綱手かなしも

（この世の中はいつまでも変わらないでいてほしいものだ。渚を漕いでいる漁師の小船をひき綱で引いている風情はしみじみと心に残るものがある）

91

藤原雅経（一一七〇～一二二一）

影とめし露の宿りを思ひ出て霜にあととふ浅茅生の月

（以前光を留めた露というはかない宿を思い出して、露が変わった霜に、昔の跡を尋ねている浅茅生の月よ）

「影とめし」は、月が光を留めていた、の意。「あと（跡）とふ」は、人がいなくなった跡、あるいは死んだ跡を訪うことである。秋の間は、浅茅の露に仮の宿を借りて、光を映し留めていた月だが、冬になった今は露が霜に変わってしまった。冬枯れの浅茅生の月が、昔を思い出して跡を尋ねるように、今度は霜に射している、と詠んでいる。古今調の雰囲気が感じられる理知的な歌である。ただの叙景歌ではなくて、露や霜を女、月を男のように見立てたとも考えられる。心変わりしてしまった霜を訪ねても、月は霜に宿ることはできないのだ。露のような女人ならまだきれいで良いのだが、霜のような女人となると、ちょっと遠慮したくなる。

藤原雅経は従四位下刑部卿藤原頼経の息子である。少年期から祖父頼輔に蹴鞠の特訓を受けていた。父頼経は源義経との親交を咎められ安房国に流されたので、雅経は十代で鎌倉へ下向した。第二代将軍源頼家や第三代将軍源実朝に厚遇され、幕府の重鎮大江広元の娘を妻とした。二十八歳の時後鳥羽院の命により上洛し、院の蹴鞠の師匠を務め、近習者として寵愛を受けた。

順調に出世して参議にまで昇進した。蹴鞠は飛鳥井と号し、同流の蹴鞠の祖となった。歌人としては後鳥羽院歌壇の中心的なメンバーとして活躍し、『新古今和歌集』の選者の一人に加えられた。勅撰入集は二十二首ある。たびたび京と鎌倉を往復し、実朝との親交も深く、実朝と定家の仲を取り持ったのも雅経である。

雅経は蹴鞠の才能で運命を切り開いた稀有な人物だ。初めは、将軍頼家と実朝に蹴鞠を認められ、大江広元の娘婿にもなれた。次は、後鳥羽院の蹴鞠の会に呼ばれて、院と出会うきっかけになった。蹴鞠は今のサッカーのリフティングのようなものではなく、しっかりしたルールが決められた競技として確立されていたのだ。雅経の飛鳥井家の屋敷跡は、のちに白峰神社となり、摂社の地主社には精大明神という蹴鞠の守護神が祀られている。現在でもサッカーのほか球技全体の守護神とされ、スポーツ関係者の参詣が多い。この神社では年二回蹴鞠が奉納されているという。雅経以外に蹴鞠で有名な歌人と言えば、第一に坂上是則が挙げられる。そういえば、小倉百人一首に採られた雅経の歌の本歌は、坂上是則の作であった。これも蹴鞠が引き寄せた偶然だろうか。

み吉野の山の白雪積もるらしふるさと寒くなりまさるなり　　坂上是則

（吉野の山には、白雪が積もっているようだ。この古都奈良まで、寒さが一段と増してくるのだから）

小倉百人一首

み吉野の山の秋風さよ更けてふるさと寒く衣打つなり

(吉野の山の秋風に、夜もしだいに更けてきて、都があったこの里では、衣を打つ砧《きぬた》の音が寒々と身に沁みてくる)

雅経の歌風は、新風の御子左家とは少し違う路線のようである。どの歌も優雅で端正だが、独自の特徴が感じられない。というのも、雅経には本歌取りの歌が多く、他人の歌を盗用すると批判されることもあった。一方、「雅経はほかの歌人の秀歌的表現を学び取ると同時に、本歌の主題を転換、拡張し、歌境の広がりを目指したのではないか」と評価をする論文もみられる。

移りゆく雲にあらしの声すなり散るかまさきのかづらきの山

(風に吹かれて空を移ってゆく雲のあたりに、烈しい風の音が聞こえる。正木のかずらが散っているのか、この葛城山で)

忘れじの契りばかりをむすびてや逢はむ日までの野べの夕露

(「忘れない」という約束だけを結んで旅に出た。せめて再び逢える日までは生き延びよう、野辺の夕露のように儚い私の命だとしても)

92

藤原有家　（一一五五〜一二一六）

夢通ふ道さえ絶えぬ呉竹の伏見の里の雪の下折

（夢の通う道さえ絶えてしまったよ。伏見の里に身を臥し寝ていると、呉竹が雪のために下折れする激しい音に眠りを破られて）

作者の最高傑作と言われている歌だ。夢の中でしか逢うことができない許されぬ恋、その恋の道さえ閉ざされてしまうという。これまで夢路が詠まれた歌は数多いが、これほど悲しみに沈んだ歌はないのではなかろうか。美しい一、二句は、夢を擬人化し、夢が覚めたことを意味している。「呉竹」は伏見に掛かる枕詞。続いて「伏見」と「臥し見」とが掛っていて、さらに「伏」が、雪のために竹が折れ伏すイメージを喚起している。なお、伏見の里は当時深草の野が拡がる田舎であった。「雪の下折」はあまりなじみのない表現だが、雪の重みで枝が根元から折れることをいう。このように、よく見てみると、多くの技巧が凝らされている歌であることが分かる。

藤原有家は六条藤家の藤原重家の子である。顕輔の孫、清輔の甥で、六条家四代目にあたる。官位は大蔵卿まで進んだ。後鳥羽院歌壇の主要歌人で、和歌所寄人となり、『新古今和歌集』選者の一人に選ばれた。六条家の歌人として、清輔が書いた歌学書を勉強しながら詠歌に励んだが、他方、御子左家に親近し、新風の歌風も取り入れたことが知られている。有家の歌は、掛詞、縁語の修辞を多用する技巧的な点に特徴があると言われている。『続歌仙落書』には「風体遠白く、姿おほきなるさまなり。雪の積もれる富士の山を見る心地なむする」と高く評されている。勅撰入集は六十六首ある。

夕涼み閨にも入らぬうたた寝の夢を残して明くるしののめ

（夕涼みをしていて、寝屋にも入らずに居眠りしてしまった。その間に見た夢を最後まで見きらずに、夜は明けて、東の空がほのぼのと白みかけていたよ）

「しののめ」は「東雲」で、明け方東の空がほのぼのと白みかける頃を言う。

いつしかと汀《みぎは》ちかづく波の音に春風しるき志賀のあけぼの

（いつのまにか汀の氷が融けて、岸に寄せる波の音が近くなった。その音に、春風の吹いていることがはっきりと感じられる志賀での曙よ）

「汀ちかづく」は、冬の間は岸近くの水面が凍って水際が遠くなっていたが、春になって氷が融け再び汀が近くなったことを表す。

93

慈円（一一五五～一二二五）

わが恋は松を時雨の染めかねて真葛が原に風さわぐなり

（私の恋は、松を時雨が染めかねるように、涙を流してもあの人の心を変えることができない。葛が茂った原に風が騒ぐように、私の胸を騒がせ、あの人のつれなさを恨んでいるのだ）

上句の意味は、松は常緑樹であるから時雨が紅葉させようとしても染められないように、叶わぬ恋のために涙を流しても相手の心を変えることができない、ということ。作者の思いは終句の「風さわぐなり」に込められているようだ。恋心の風が胸中を吹きめぐり、居ても立ってもいられないような心の動揺を表している。慈円は後述するように、仏教界最高峰の高僧であるから、実際の恋愛経験があるはずもなく、彼の恋の歌はすべて題詠であると論評している人が多い。果たしてそうだろうか。恋の想像だけで、「真葛が原に風さわぐなり」などという凄みのある詞が出てくるだろうか。恋が成就した体験はないかもしれないが、実際に思いを寄せる女の人がいて、どうしようもない忍ぶる恋に身を焦がすことがあったのではないかと、私には思えるのである。

なお、葛はマメ科の蔓草のこと。葉の裏が白く、秋風にひるがえる様が顕著なため、「裏見」と「恨み」の掛詞が好んで歌に用いられた。ゆえに、「真葛が原」には、恨む感情が隠されている。「真葛が原」は、本来地名ではなかったが、この歌などにより、京都東山区の知恩院から円山公園あたりを指す地名と考えられるようになった。今度このあたりを訪ねる機会があったら、そこに吹く風を探してみたい。

慈円は摂政関白藤原忠通の晩年の子で、兼実の弟、良経の叔父にあたる。貴族社会の頂点にあった一族の一人だ。しかし、十歳の時父を失い、十三歳で出家した。以後、天台僧として修行し、わずか三十七歳で天台座主に就任し、四十七歳で大僧正に任じられた。この時代、その姿を遠くからひと目見ただけで寿命が伸びると言われたほどの高い存在だった。

良経を後援して九条家歌壇で活躍し、後には後鳥羽院歌壇の中心的歌人としても活躍し、和歌所寄人となる。『新古今和歌集』には西行の九十四首に次いで九十一首も選ばれた。勅撰入集は二六九首にも及ぶ大歌人である。著書に有名な『愚管抄』がある。これは日本最初の歴史書で、歴代天皇や摂関の歴史を仏教的な視点から展開し説明した史論である。このなかで、公家と幕府の協調を理想的な姿と捉え、後鳥羽院の倒幕の企てを諫めた。

実は、慈円は西行のような遁世人になりたいと憧れていた。しかし、慈円は権力の中枢にいる一族の一員で、当代一流の教養人でもあったために、いやが上にも高い位置に押し上げられてしまった。慈円は、四十ほど年上の西行に一度だけ教えを受けたことがある。そのとき慈円は西行に「密教を学ぶなら和歌をおやりなさい。和歌を詠まなければ、密教の奥深いことは会得できませんよ」と諭されたという。

暁の涙や空にたぐふらむ袖に落ちくる鐘の音かな

（暁の恋人との別れを悲しむ涙が空で一緒になるのだろうか。袖の上に落ちてくる身に沁みる鐘の音よ）

旅の世にまた旅寝して草まくら夢のうちにも夢を見るかな

（この世は仮の宿のようなものだが、そんな旅の世にあって、さらにまた旅寝して草を枕にする。そうして、夢の中でまた夢を見るというわけだ）

小倉百人一首

おほけなくうき世の民におほふかなわが立つ杣《そま》にすみぞめの袖

（身の程もわきまえず、この悲しみに満ちた世の中の人々を、私の墨染の袖を被い、守りたいのです）

何となく尊大な感じがするこの歌を、私はあまり好きではなかったが、実は慈円がまだ修行中の若いときに詠んだ歌で、若い僧侶が人々の救済を目指す心を謙虚に詠ったものだという。傲岸不遜のイメージであった私の慈円像は一気に払拭された。

94

俊成卿女（生没年不詳）

面影のかすめる月ぞ宿りける春やむかしの袖のなみだに

（恋しい人のほのかな面影が霞んで浮かぶ夜空の月、その月の光があの人と逢った昔の春を偲んで流す涙の袖に宿りました）

美しく、そして幻想的だ。「面影のかすめる月」とは、昔の恋人の面影がほのかに映っている月のことだが、その月が空の霞と流す涙のために霞んで見えるのだ。「かすめる」は面影と月の両方に掛かっていると解釈したい。そして上句全体が「袖の涙」に掛かっている。また、下句は、愛し合った昔の春を偲んで落とす袖の涙、ということである。恋人の面影、霞む月、昔の春、袖の涙、涙を宿す月。精緻を極めた三十一字の中に濃厚な感情が凝縮している。しかも、業平のあの名歌の第二句「春やむかしの」がそのままの形で歌の中に組み込まれているのだ。

月やあらぬ春や昔の春ならぬわが身ひとつはもとの身にして　在原業平

俊成卿女は、藤原俊成の養女である。実父は尾張守左近少将藤原盛頼で、母は俊成の娘である八条院三条である。つまり、実際は俊成の孫にあたる。作者が七歳の頃、父の盛頼は鹿ヶ谷の変に連座して官を解かれ、三条と離婚した。以後、俊成卿女は俊成のもとに養女として預けられた。俊成の教育のもと、優れた歌才を発揮した。藤原通具（通親の子）というエリートと結婚し二子を得たが、その後の結婚生活は幸福なものではなかった。三十歳の頃後鳥羽院に召され女房として御所に出仕し、後鳥羽院歌壇の中心的メンバーの一人になった。宮内卿とともに新古今の新世代を代表する女流歌人である。四十歳を過ぎて出家し、八十歳過ぎまで生きたが、どのような性格の女性だったのかはあまり伝わっていない。勅撰入集は一一六首ある。

俊成卿女は定家の姪であるが、名義上は義理の妹にあたる。定家は小倉百人一首に当然入るべきこの名女流歌人を選ばなかったが、どうしてだろうか。俊成を共通の歌の師とするこの二人の関係はどうだったのか、ほとんど知られていない。ライバル関係にあった二人の間には何らかの確執があったのかもしれない。定家の豪華絢爛さには及ばないが、俊成卿女の歌は女人にしか詠うことができないような色香がむんむんと発散している。

風かよふねざめの袖の花の香にかをる枕の春の夜の夢

（春の夜、夢からさめると、風が吹きかよって袖が花の香に薫り、枕にも薫っています。夢の中でも花が散っていたかのように）

暮れはつる尾花がもとの思ひ草はかなの野辺の露のよすがや

（すっかり暮れ切ってしまった野辺の、尾花の下で咲いている思い草。これが、儚い露が身を寄せるよすがなのですね）

下もえにおもひ消えなむけぶりだにあとなき雲のはてぞかなしき

（私はひそかにあの人を思い焦がれて死に、空に立ち昇る荼毘の煙さえも跡をとどめない雲になってしまうだろう。そんな恋の儚さを思えば悲しいことです）

95

宮内卿（生没年不詳）

うすくこき野辺のみどりの若草に跡までみゆる雪のむら消え

（ある所は薄く、ある所は濃く生えた野辺の緑の若草によって、雪がまだらに消えた跡までが分かります）

「雪のむら消え」とは、雪がむらになって消え残っていること。はじめこの歌を見たときは、雪がまだらに残っている野原を想像したが、よく詠むと雪はもうとっくに消えていることが分かる。作者が早春の野辺に行き眺めると、若葉の緑には濃淡があることに気がつくのだ。どうしてだろうと作者はしばらくそこに佇む。そして、思いつくのである、雪が遅くまで消え残っていた所の草はまだ緑が薄く、雪が早く消えた所の草は濃く茂っているのだろうと。斬新で、想像力豊かな作者の感性が光る一首である。この歌が評判となり、宮内卿は「若草の宮内卿」と呼ばれるようになった。この歌を詠んだとき宮内卿はまだわずか十六歳の少女であったという。この天才少女はどんな人なのだろうか。

宮内卿は右京権大夫源師光の娘である。母は後鳥羽院女房の安藝。和歌所寄人になった歌人源具親は兄にあたる。十五歳の頃、後鳥羽院に歌才を見出され出仕し、院主催の歌会・歌合を中心に活躍した。しかし、二十歳を待たずに夭折した。勅撰入集は四十三首ある。彼女の死の事情について伝えられていることがある。歌合などがある前は夜も昼も休むこともなく歌を考え、あまり深く打ち込みすぎて病気になり、一度は死にかけたこともあった。父師光が心配して諫言したがそれでも止めず、ついに亡くなってしまったということだ。歌のことを考えるあまり、たびたび血を吐き、「吐血の宮内卿」とも言われたことが、複数の資料に見られる。凄まじい話である。宮内卿という歌人はけっして天賦の才のみで名声を得たのではないことが分かる。

宮内卿が作歌する方法も伝わっている。草子、巻物を広げて身の回りを取り囲み、夜も昼も怠らず案じて和歌を詠むというスタイルだったという。この逸話を聞くと、モーツアルトが思い浮かぶ。彼は神の恩恵をこうむった天才だったと言われている。確かにそういう面はあるだろうが、それだけではなく、常に人の何倍もの音楽の勉強、修練、努力を行ったのである。また、彼にとってそれが当たり前のことで、それをけっして辛いなどと思わない性格、これまた一種の才能と言うべきものを備えていたのだ。

宮内卿の歌が、『新古今和歌集』冒頭の春歌上の四番目に採られていることが注目される。『新古今和歌集』の実質的選者が後鳥羽院であったことを考えると、院が宮内卿の歌をいかに愛していたのかが推測される。一番から七番までの作者を見ると、良経、後鳥羽院、式子内親王、宮内卿、俊成、俊恵、西行と、そうそうたる歌人が並んでおり、そのなかに名を連ねているのだ。その歌は、

かきくらしなほふるさとの雪のうちに跡こそ見えね春は来にけり

（あたりを暗くしてなおも雪の降る古里の、その雪の中にはっきりした印は見えないけれども、春はやってきたのですね）

雪の中に立春を迎えるという趣向だが、「降りしきる雪のために足跡が消える」というイメージを仄めかせているように思われる。

色かへぬ竹の葉しろく月さえてつもらぬ雪をはらふ秋風

（晩秋になっても色を変えることのない竹の葉であるが、今宵は月に冴え冴えと白く照らされて、積もらない雪のようなその月光を払うように秋風が吹いている）

「つもらぬ雪」とは、月光を雪に見立て、竹の葉が白く光って見えるほど月が冴え冴えと射していることを強調している。

軒しろき月の光に山かげの闇をしたひてゆく蛍かな

（軒に白く射す月の光のために、山陰の闇を慕って遠ざかってゆく蛍ですね）

山の方へ遠ざかってゆく蛍の行方を、家の中からじっと見つめる薄命天才少女の姿が見えるようだ。

96

藤原公経《きんつね》（一一七一〜一二四四）

露すがる庭の玉笹うちなびきひとむら過ぎぬ夕立の雲

（露のたくさん取り付いている庭の笹の葉、それが風になびいている。夕立を降らせたひとむらの雲が過ぎていった）

「露すがる」は多くの露が取り付いている様を表す。「玉笹」の玉は笹を褒める美称で、玉と露は縁語になっている。この場合、露がまるで玉のようになって笹に取りすがっていることをも示している。この歌を見た瞬間、私の胸の中をさあっと冷ややかな風が吹き渡っていった。

藤原公経は内大臣藤原実宗の子。源頼朝の姉妹の娘・全子を娶り、鎌倉幕府と密接な関係を結んだ。また、公経の姉は定家の妻である。第三代将軍源実朝が暗殺されると、公経の外孫にあたる藤原道家の第三子である三寅（頼経）を第四代将軍として鎌倉に下向させた。このように、公経は親幕派公家の筆頭であったため、幕府と対立する後鳥羽院には大変疎まれた。承久の変の際は、院の倒幕計画を事前に察知して、鎌倉側に知らせたことにより幕府の勝利に大きく貢献した。乱終結後は幕府の信頼を背景に太政大臣に昇り、京都政界で絶大なる権勢を誇った。娘婿の藤原道家を関白に、自分の孫娘を後嵯峨天皇に入内・立后させるなどした。定家の『明月記』には、「平清盛をもしのぐ勢いであった」と述べられている。京都北山に豪邸を築き西園寺を建立したことから西園寺殿と呼ばれ、西園寺家の祖先となった。これは後に金閣寺の前身となった。公経は皇統の歴史の観点からは逆臣とみられ、世間では幕府に阿《おもね》る奸臣《かんしん》という悪評を蒙っていたが、当時の混沌とした時代であればいたしかたない政治行動であったかもしれない。

一方、公経は優秀な歌人であるとともに、琵琶や書にも秀でた教養人であった。公経の姉は定家の夫人にあたることから、義弟の立場として定家の歌人生活を大いに支援した。定家晩年の栄達は、公経の存在抜きではありえなかったのである。定家の方でも公経の歌を小倉百人一首に採用し、その恩にしっかりと応えたのであろう。勅撰入集は六十一首ある。公経の歌は品のある美しいものが多い。

山の端の雪のひかりに暮れやらで冬の日ながし岡のべの里

（山の端を覆う雪の反射する光の明るさに、いつまでも暮れきらず、冬の日も長く感じられる、岡のほとりの里であるよ）

恋ひわぶる涙や空にくもるらむ光もかはる閨の月影

（恋に疲れて流す涙で空が曇っているのだろうか、光も変わって見えるよ、閨に差し入る月の光は）

小倉百人一首

花さそふあらしの庭の雪ならでふりゆくものは我身なりけり

（桜の花を散らす山嵐で、庭はまるで雪景色のようだが、降っているのは、実は歳をとっていくわが身なのだなあ）

97

藤原定家　（一一六二〜一二四一）

たまゆらの露も涙もとどまらずなき人恋ふる宿の秋風

（ほんのしばしの間も、露も涙もとどまることなく散るよ。亡き母を恋しく偲んでいる家の庭に吹きつける秋風のために）

詞書に「母身まかりにける秋、野分しける日、もと住み侍りける所にまかりて」とある。「たまゆら」は、ほんの一瞬という意味だが、玉が揺れるというイメージも添えられている。母が亡くなったその年の秋、母が住んでいた家で自分も育った懐かしい家にやってきた。雨も風も強い日だった。母を偲ぶあまり涙がとどまることなく流れ、庭の木の葉にも露がしたたっているが、強い秋風のために涙も露も一緒になって散ってしまうのだ。歌全体に母を喪った哀しみがこもっている。自分の母を亡くした人ならば誰も、無感情でこの歌を読むことはできないのではないだろうか。作者は歌を作ろうとしてこの歌を詠んだのではなく、自然に心のままを素直に流露させた数少ない歌だと思われる。

父俊成の返しの歌、

秋になり風のすずしくかはるにも涙の露ぞしのにちりける　　藤原俊成

（秋になって風が涼しく変わるにつけても、亡き妻恋しさに涙はさながら露のようにとめどなく

散ることであるよ）

藤原定家は俊成四十九歳の時の子で、母は藤原親忠女である。子は為家で、寂蓮は従兄にあたる。幼い頃から父俊成から和歌の指導を受け、二十歳頃「堀河題百首」を詠み、父は息子の歌才を確信し感涙したという。二十四歳の時家司として藤原良経に仕え、良経・慈円ら九条家の歌人グループと交流を持つようになる。三十代後半には後鳥羽院に認められ、後鳥羽院歌壇の中心的存在となり、『新古今和歌集』の選者に任命された。定家と後鳥羽院との関係は複雑だ。院は、初めは定家の才能を愛し、定家の方でも感涙にむせんでいたが、次第にその仲は疎遠になってゆく。白洲正子が「極めて不愉快な人間」と評するように、定家は気性が激しく強情な性格の一面があり、『新古今和歌集』の選考に際しても、院の意見に批判的となり、二人の間は険悪となった。その後、定家の歌が院の怒りに触れ、勅勘を被って公の出座・出詠を禁ぜられた。院の許しが出ないまま承久の乱が起き、院は隠岐に流されてしまった。

承久の乱後、定家の命運は好転し、西園寺家と九条家の後援のもと、権中納言まで出世し、歌壇の第一人者として地位を不動のものとした。七十一歳の時、順徳院より選進の命を単独で受け、三年後に『新勅撰和歌集』として完成させた。晩年、小倉百人一首を選出した。五十六年間に及ぶ日記が『明月記』として残されている。後鳥羽院崩御二年後、八十歳で没した。勅撰入集は四六七首に及び、最も多く歌を入集した歌人である。

定家は父・俊成の唱えた「幽玄」という余情を大切にする美意識をさらに深め、対象に没入して本質を観る「有心」という考え方を唱えて、後世の歌に大きな影響を残した。したがって、定家の歌には妖しいまでの幻想的な美しさが感じられるのである。

かきやりしその黒髪の筋ごとにうち臥すほどは面影ぞたつ

（ともに臥した時、私が掻きやったあの人の黒髪の一筋一筋までもくっきりと、ひとり臥す時はあの人の面影が浮かんでくるよ）

男の歌人が詠んだ歌の中で、最も官能的な歌ではないだろうか。それもそのはず、和泉式部の歌、

黒髪のみだれもしらずうちふせばまづかきやりし人ぞ恋しき　　和泉式部

この歌の本歌取りなのである。定家の歌は、和泉式部の歌で「かきやりし人」であった男の身になって、女に返したという趣向である。定家はこのような本歌取りが得意であった。特に定家の場合は、古歌に敬意を払い、その精神を汲んで、そこに独自の趣向を加えることができる名人だった。

大空は梅のにほひにかすみつつ曇りもはてぬ春の夜の月

（広大な空は梅の匂いに満ちて霞みながら、といっても曇りきることもない春の夜の朧月が出ているよ）

「にほひにかすむ」という嗅覚と視覚が微妙に交差する詞が、不思議に生きて、心に染みこんでくる。

梅の花にほひをうつす袖の上に軒もる月の影ぞあらそふ

（梅の花が匂いを移している私の袖の上に、軒端を漏れて射し入る月の光が、梅の匂いと競い合うかのように映るよ）

袖に月の光が宿るのは、旧懐の思いに流す涙で袖が濡れるからである。袖の涙に、梅の匂いと月影が競い合うという発想は、定家ならではの斬新さが感じられる。

花の香のかすめる月にあくがれて夢もさだかに見えぬころかな

（梅の花の香が霞のようにたちこめ、おぼろに霞んでいる月に心がさまよい出てしまって、夢もはっきりとは見えない頃であるよ）

「かすめる」は前後の「香」と「月」にかかる。魂が身体からさまよい出てしまうので、夢がみられないという驚くべき感覚である。

以上三首とも、梅の花と月を関連づけた歌であるが、この組み合わせこそが定家の歌風にぴったりと合うのである。

小倉百人一首

こぬ人をまつほの浦の夕なぎに焼くやもしほの身もこがれつつ

（来ない人を待ち焦がれているのは、松帆の浦の夕凪の頃に焼かれる藻塩のように、わが身も恋い焦がれて苦しいものだ）

ところで、小倉百人一首について、織田正吉は『百人一首の謎』で面白い説を唱えている。小倉百人一首は「クロスワード」と「暗号」だというのである。たとえば、ほんの一例をあげれば、「桜」と「紅葉」の歌数がそれぞれ六首で、桜六首は「咲く桜」（三首）「散る花」（三首）、紅葉六首は「山に映える紅葉」（三首）「川に散る紅葉」（三首）という構成になっている。定家は秀歌を選んだのではなく、隠した趣向を組み立てるのに適した歌を優先して選んだのだという。隠した趣向は結局何かというと、定家は後鳥羽院の呪詛を恐れ、鎮魂の思いを秘めて古今の歌百首を選び、表面は時代順の配列による秀歌選を装い、心の平安を求めたものだということだ。

98

藤原家隆（一一五八〜一二三七）

志賀の浦や遠ざかりゆく波間よりこほりて出づる有明の月

（志賀の浦よ、岸辺から凍り、沖の方に遠ざかってゆく波間から、凍りついて出てくる有明の月よ）

志賀の浦は、琵琶湖西南岸大津付近で、近江国の歌枕である。「遠ざかりゆく波間」とは、夜になって気温が下がってくると湖面が氷結し、波打ち際が遠ざかってゆくことだ。「こほりて出づる」は、月が凍りついているほどの寒さを表しているが、実際に凍っているのは湖の水なのである。冬の夜更けに、湖が凍るほどの冷気の中で、微かに波の音が聞こえてくる。その音の方向を見つめれば、波の向こうに冷たい光を放つ月がかかっている、という情景が目の底に浮かんでくる。これほど寒々とした歌を私は知らない。

藤原家隆は権中納言光隆の子で、藤原兼輔の末裔である。寂蓮の婿となり、共に俊成の門弟になった。宮内卿、従二位まであがり、八十歳で亡くなった。後鳥羽院歌壇で活躍し、和歌所寄人となり『新古今和歌集』の選定にあたった。定家と並び称される『新古今和歌集』を代表する歌人で、勅撰入集は二八四首にも及ぶ。詠風も定家と接近しており、二人の歌は並んで配列されることが多かった。幻想的で妖艶な二人の歌は互いに共鳴し合い、新古今歌風の大きな潮流を作り出す核となっていた。『続歌仙落書』には「風体たけたかく、やさしく艶あるさまにて、また昔おもひ出でらるるふしも侍り。末の世にありがたき程の事にや」と賞賛されている。藤原良経は『玉吟集』の中で、家隆のことを「末代の人丸」とまで呼んでいる。

我が強く不愉快な性格の持ち主の定家とは違って、家隆は温厚な人だった。しかし、この二人はお互いに尊敬し合い良きライバルとして励み合った。『今物語』や『十訓抄』には二人の良好な関係を示すエピソードが書かれている。ある時、摂政藤原良経が家隆に「当代一の歌人はだれか」と聞いたところ、家隆は答を拒んだが、立ち去る時に畳紙を落としていった。そこには定家の歌が書かれてあった。その後、定家にも同じ質問をしたところ、定家も答を渋ったが、家隆の歌を詠吟しながら退出したという。また、家隆は承久の乱後も隠岐の後鳥羽院を訪ね、院主催の「遠島御歌会」に詠進し、院には終生変わらず忠誠の念を抱き続けたという。後鳥羽院と定家の間にあって、かなり癖のあるこの両者とうまく付き合うことができたのは、よほど心の優しい人だったのだろう。

明けばまた越ゆべき山の峰なれや空行く月の末の白雲

（夜が明ければ、また越えなければならない山の頂きなのか。空をわたる月が行き着く末の、白雲の見えるあたりは）

鳰《にほ》の海や月の光のうつろへば波の花にも秋は見えけり

（鳰の海よ、秋の色に変わった月の光が琵琶湖の面に映ると、波頭の波の花にも、秋の気色は見

えるのだった）

梅が香に昔を問へば春の月答へぬ影ぞ袖にうつれる

（梅の香にさそわれて、懐かしさのあまり昔のことを春の月に尋ねると、月は答えてはくれず、私の袖に月明かりを映すばかりだ）

小倉百人一首

風そよぐならの小川の夕暮はみそぎぞ夏のしるしなりける

（風がそよそよと楢の葉を吹きわたるならの小川の夕暮れは、もうすっかりと秋のような気配だが、禊祓《みそぎはらい》を見ると、まだ夏なのだなあ）

99

後鳥羽院（一一八〇～一二三九）

わたつうみの波の花をば染めかねて八十島とほく雲ぞしぐるる

（海原に立つ波の花は染めようにも染められず、無数の島の遠くで雲が時雨を降らせている）

一二二六年の作なので、隠岐に配流された後に詠まれた歌である。深い意味が内包されていると考えられる。「波の花」は白い波頭を花に喩えたものだが、時雨とは全く無関係である。古来、時雨が樹木の葉を紅葉させると見なされてきたが、時雨が花を染めることなどはないのである。ましてや、波頭の白は冬の雨では絶対に色を変えられない。時雨は波の花を染めようと欲しながら、虚しく降り注ぐばかりである。そのような悲劇性を後鳥羽院は詠いたかったのだ。万葉時代より、時雨が染めようとしても染まらない代表は「真木の葉」であったが、後鳥羽院は「真木の葉」の代わりに「波の花」を見出したのだ。一方、八十島とは、小野篁［11番］の歌にあるように、隠岐の島を暗示している。小野篁も一時隠岐に流されていたのである。

わたの原八十島かけて漕ぎ出でぬと人には告げよ海人のつり船　　小野篁

さらに深く推測すれば、波の花は遠い都の華麗な生活、時雨は隠岐の島の暗く貧しい生活を暗喩しているのかもしれない。

後鳥羽院は高倉天皇第四皇子である。壇ノ浦で安徳天皇が幼くして崩御したため、五歳で天皇に即位した。十九歳で土御門天皇に譲位し、院政を布いた。鎌倉幕府の実権が北条氏に移ると、幕府との関係は次第に軋轢を増してくるが、実朝が暗殺されると、幕府との対立は先鋭化し、一二二一年ついに後鳥羽院は北条義時追討の兵を挙げた（承久の変）。しかし、上京してきた鎌倉軍に敗北し、後鳥羽院は出家して隠岐に配流された。以後、六十歳で崩御するまで十九年間を配所で過ごした。

後鳥羽院は何事にも積極的で万能の人であった。和歌をはじめ、琵琶、蹴鞠、弓馬、水泳、刀剣など極めて多芸多才、刀剣は自ら刀を鍛えたほどだ。また、めざましい浪費家でもあり、豪華な水無瀬離宮を造り、熊野御幸は三十回以上にも及んだ。後鳥羽院は菊の花を愛し、刀や日用品に菊の花を図案に入れていた。これは以後代々の天皇に継承されて、菊の花は皇室のシンボルとなったのである。

和歌は十八歳頃俊成に師事し、急速に才能を伸ばし、当代一流の歌人を集めて多くの歌会や歌合を催し、新人の養成にも尽くして後鳥羽院歌壇を形成した。また、和歌所を再興し、定家らに『新古今和歌集』の選定を命じ、完成させた。定家の『明月記』によれば、その編集には自ら深く関与し、実質的な選者であったという。二千首の和歌を選定するため、院の頭の中にはその数倍の歌が入っていたと言われている。隠岐に渡った後も、『新古今和歌集』の編集を再び始め、配流の十五年後に四百首近くの歌を削除した「隠岐本新古今和歌集」を完成させた。

勅撰入集は二五八首ある。このように、自らが名歌人であり偉大な批評家である院がもし存在しなかったら、定家の活躍も『新古今和歌集』も存在しなかったのである。

み吉野の高嶺の桜散りにけり嵐も白き春のあけぼの

（吉野の高嶺の桜が散ってしまった。山嵐も白く染まった春の曙よ）

美しくおおらかで、さすが王者の風格に満ちている。

春ゆけば霞のうへに霞して月に果つらし小野の山道

（過ぎてゆく春の夜、野の山道を歩いて行くと、霞の上に幾重にも霞がたなびいて、道の行く手は月の中へと消え果てているようだ）

「月に果つらし」は、霧が濃いため、山道が朧月の光の中に途切れているように見えることである。定家にも負けないほどの幻想的な叙景だ。

野原より露のゆかりを尋ね来てわが衣手に秋風ぞ吹く

（野原から露という縁故を探し求めて、涙の露を置いた私の袖に秋風が吹くよ）

露は秋のものである。袖の上に置く涙は露の縁者であるというので、秋風が露のゆかりを訪ねて私の袖に吹いてきた、ということである。独特の発想とセンスが光る一首だ。

小倉百人一首

人もをし人もうらめしあぢきなく世を思ふゆゑに物思ふ身は

（人が愛しくも、また恨めしくも思われたりするのは、この世をつまらなく思う、もの思いをする自分にあるのだ）

100

順徳院（一一九七～一二四二）

同じ世の別れはなほぞしのばるる空行く月のよそのかたみに

（離ればなれであっても同じ世に生きていたが、その同じ世からもお別れすることになり、いっそう思慕の念がつのります。御身はこの世の外に逝かれ、空を行く月を形見と眺めるばかりです）

詞書に「後鳥羽院かくれさせ給うて、御なげきの比、月を御覧じて」とある。承久の変の後、後鳥羽院は隠岐に、息子の順徳院は佐渡に配流された。後鳥羽院の崩御を聞き、その哀しみを詠ったものだ。幼少の頃から後鳥羽院から慈しんでもらったことや、承久の変で一緒に倒幕の計画を練ったことなどが、順徳院の心の中を巡ったことだろう。一二三一年に兄の土御門院が崩御し、その数年後こんどは後鳥羽院までもが崩御し、ひとり残された院の寂しさが窺える。

順徳院は後鳥羽院の第三皇子。二歳上の土御門院が情愛深いおっとりした性格であったのに対し、才気があって活発明朗で学問も卓抜であった。後鳥羽院はそうした順徳院を愛し、まだ十六歳の土御門院を譲位させ、十四歳の順徳院を帝位につけた。昔の崇徳院の情況を思い起こさせるが、土御門院はよほど温厚な性格であったらしく、表だった問題にはならなかった。二十五歳の時父と共に承久の変を起こしたが敗北し、佐渡に流された。同地で二十一年を過ごし、四十六歳で崩御した。帰京の望みを失い、数日絶食、衰弱した果ての悲痛な死であったと伝えられている。

幼少時から定家を和歌の師とし、詠作は極めて熱心で、後鳥羽院譲りの優れた歌才を示した。『八雲御抄』という六巻の重要な歌論書を執筆している。佐渡へ配流後も「順徳院御百歌」を詠じ、定家と後鳥羽院に送っている。順徳院の歌風はおだやかで麗しく、『八雲御抄』にも書いているように、定家の妖艶・有心よりも俊成の幽玄を尊んだ。

風になびく雲のゆくてに時雨けりむらむら青き木々の紅葉ば

(風になびく雲の進む方向に時雨が降っていた。紅葉し始めた木々はまだらに青葉が残っている)

月もなほ見し面影はかはりけり泣きふるしてし袖の涙に

(月は恋人の面影を留めるというけれど、その月までもが昔の面影とは変わってしまった。ずっと泣き続けてきた私の袖はもうぼろぼろで、涙に映る月の面影もすっかり見違えてしまったのだ)

小倉百人一首

ももしきや古き軒端のしのぶにもなほあまりある昔なりけり

(御所の古びた軒端のしのぶ草を見るにつけ、朝廷の栄えた昔が懐かしく思われて、いくら偲んでも偲びきれないことだ)

おわりに

この本を執筆中、私の頭の一隅に座を占めていた想念は「和歌と日本人の遺伝子について」ということであった。この日本国では、理論的には六百年を経ると国民の遺伝子は混じり合うと言われている。この意味において、現代の日本人は皆親戚同士ということになるが、視点を祖先の方に向けて見れば、今回選んだ百人の歌人と現代の我々との間には、想像を超えた濃密な血の繋がりが存在するのである。はるか昔の先人たちの歌の心が、真っ直ぐ我々の中に入ってきて感動をもたらすのは、なんら不思議なことではないのかもしれない。

予想していたとおり、百人を選出することも一首を選ぶ作業も、そう簡単なことではなく、立ち止まっては迷う場面が多かった。しかし、それは悩ましくも心豊かな、ちょっと類のない楽しい時間なのであった。選んだ百首はいずれも、私の胸の琴線に何らかの形で触れた歌ばかりである。心を打ち魂に沁みる歌、凜然として清い歌、静かな哀しみが横溢した歌など様々であるが、歌を作ろうと意識したような歌よりも、感情や心情が自然に吐露したような歌にこそ魅せられたような気がする。結局、百首の中で、恋歌と四季歌がほぼ同数で全体の半数を占めたことは、選歌に大きな偏りはなかったことを示していると思われる。自分でも意外と思う点は、哀傷歌に属する歌を多く選んだことで、その数は十四首にものぼる。私はこの数年の間に魂の存在を信じるようになり死生観も変わってきたので、もし、十年あるいは二十年前の私であったら、大分違った結果になっていたのではないかと思う。

小倉百人一首ファンの中には、その人選や選歌に対し何らかの疑問を持つ人は少なくないだろう。また、この本を読んでくださった読者の中にも、本書とは異なる歌人、異なる一首を選びたいと思う人がいるかもしれない。ぜひ、私と同じような挑戦をして、自分独自の、世界に一つの「百人一首」を造り上げてみてはいかがだろう。その過程には、必ずや充実した時間と至福な悦楽が待っていることを約束する。

主な参考文献

『清川妙の萬葉集』　清川妙・著　筑摩書房
『後拾遺和歌集』　久保田淳、平田喜信・校注　岩波書店
『詞花和歌集』　工藤重矩・校注　岩波書店
『拾遺和歌集』　小町谷照彦、倉田実・校注　岩波書店
『少将滋幹の母』　谷崎潤一郎・著　新潮社
『新古今和歌集』　久保田淳・訳注　角川書店
『新撰　小倉百人一首』　塚本邦雄・著　講談社
『新潮日本古典集成　萬葉集』　青木生子、井手至、伊藤博、清水克彦、橋本四郎・校注　新潮社
『新版　伊勢物語』　石田穣二・訳注　角川書店
『新版　古今和歌集』　高田祐彦・訳注　角川書店
『千載和歌集』　久保田淳・校注　岩波書店
『田辺聖子の小倉百人一首』　田辺聖子・著　角川書店
『田辺聖子の万葉散歩』　田辺聖子・著　中央公論新社
『新版　徒然草』　小川剛生・訳注　角川書店

主な参考文献

『ねずさんの日本の心で読み解く百人一首』　小名木善行・著　彩雲出版
『馬場あき子の「百人一首」』　馬場あき子・著　ＮＨＫ出版
『別冊歴史読本　百人一首１００人の歌人』　新人物往来社
『百人一首 百人の物語』　辻井咲子・著　水曜社
『百人一首の作者たち』　目崎徳衛・著　角川書店
『百人一首の謎』　織田正吉・著　講談社現代新書
『深読み百人一首』　伊東眞夏・著　栄光出版社
『方丈記』　浅見和彦・校訂　筑摩書房
『日本史百人一首』　渡部昇一・著　育鵬社
『枕草子』　島内裕子訳　筑摩書房
『水底の歌―柿本人麿論』　梅原猛・著　新潮社
『私の百人一首』　白洲正子・著　新潮社

〈著者紹介〉
多田久也（ただ ひさや）
昭和 31 年山形県生まれ。東邦大学医学部卒業。平成元年シドニー大学で 2 年間研究。東邦大学医学部第 2 内科講師を経て、平成 14 年長野県松本市で内科医院を開業。専門は糖尿病。著書に『おお、トスカよ！』がある。

百人一首《ひゃくにんいっしゅ》を〈私《わたし》〉が選《えら》んでみました

2024 年 9 月 13 日　第 1 刷発行

著　者　　多田久也
発行人　　久保田貴幸

発行元　　株式会社 幻冬舎メディアコンサルティング
〒151-0051　東京都渋谷区千駄ヶ谷4-9-7
電話　03-5411-6440（編集）

発売元　　株式会社 幻冬舎
〒151-0051　東京都渋谷区千駄ヶ谷4-9-7
電話　03-5411-6222（営業）

印刷・製本　中央精版印刷株式会社
装　丁　　川嶋章浩

検印廃止

Printed in Japan
ISBN 978-4-344-69168-1 C0095
幻冬舎メディアコンサルティングＨＰ
https://www.gentosha-mc.com/